シン・百人一首

現代に置き換える超時空訳

ピーター・J・マクミラン
Peter MacMillan

Tj
TRUE JAPAN
月の舟

シン・百人一首

現代に置き換える超時空訳

ピーター・J・マクミラン

はじめに

この本は、古典文学の世界と今の日常が想像以上に似ていることを感じてほしいという思いで執筆しました。和歌のなかで表現されている情緒や感情は、時も場所も超えていくものなので、ほとんどの和歌は現代の表現に言い換えることができるのです。そこで、『百人一首』の和歌を現代風にアレンジした超時空訳、略して「超訳」を作ってみました。

本書のタイトルに用いた「シン」という言葉は、「新しい」「心の」「真の」「深い」「神の」という意味や、あるいは「中心の、芯の」という意味などたくさんの意味を持っています。また、昨今話題になった庵野秀明《あんのひであき》監督の『シン・ゴジラ』『シン・エヴァンゲリオン劇場版』『シン・ウルトラマン』『シン・仮面ライダー』などのタイトルをオマージュしています。

一方で、『百人一首』の時代と現代社会の間のギャップも感じていただけると思います。古典の歌人たちは自然と深く関わりながら日々を送っていました。彼らの歌には、月、雲、花や鹿など屋外の情景がよく描かれています。一方、現代社会の日常の中心は都市部や屋内に移りました。そのため、古典の歌人たちが見た自然を、今の私たちがそっくりそのまま鑑賞することはできないでしょう。自然に触れる機会が減った反面、人工的なものとの関わりが増え、スマートフォンやパソコンを使い、動画配信サービスやゲームを利用する時間が増えました。二つの世界のあいだに存在するいろいろなギャップに気づくことが、自分自身の生活スタイルや本当に大切なものは何かを考えなおすきっかけに少しでもなれば嬉《うれ》しいです。

「シン」という言葉も「超時空」という言葉も、新しい時代や宇宙をイメージさせる言葉です。千年前から続く文化と、これからの未来へ向けた文化をつなぐ役割を本書が担うことができたら幸いです。

本書の内容

『百人一首』原文と現代語訳

この本には、『百人一首』の原文とそれぞれの現代語訳が掲載されています。まずは読者の皆さんに、元の和歌の意味をしっかりと理解し、堪能してほしいと思います。

超時空訳（超訳）

元の和歌を現代に置き換えたものを、私は「超時空訳」、略して「超訳」と呼んでいます。百首それぞれの超訳の意味を考えていくなかで、和歌、それを詠んだ人々の思い、そして今私たちが暮らす世の中を新しい視点から見ていくことができると思います。

いろいろな視点からの解説

「超訳」に加えて、より楽しめるようにさまざまな情報を紹介しています。超訳そのものの解説のほか、ときには和歌そのものについて、ときには私が『英語で読む百人一首』（文春文庫）でおこなった英訳について、ときには「超訳」の背景にある社会問題について、解説や紹介を載せています。

連想を広げて～楽曲の世界へ

私は、日本文化の核心には「連想」があると考えています。古典の世界では、人々は言葉やイメージを駆使していろいろな種類の連想を楽しんでいました。それは能や歌舞伎、茶道、日本画や陶芸に至るまで、日本文化のあらゆる側面に浸透しています。そこで私は、現代における連想の一例として、『百人一首』の和歌を日本や西洋の歌の歌詞と結びつけることができたら、とても楽しいだろうと考えました。

本書では、『百人一首』を読んでいるときに思い出した英語や日本語の曲を紹介しています。曲のタイトルや歌詞をオマージュして「超訳」として使っているときもあれば、単にイメージから私が思い出した曲を載せているときもあります。現代の歌詞と和歌を比べて読むことにより、時代が変わっても非常に似ている点や、また違っているところ、その面白さを読者の皆さんに見つけてもらえるのではと考えました。

私の故郷　アイルランドの話

私はアイルランド出身なので、故郷に関するエピソードをいくつか取り上げてみました。アイルランドは日本からとても遠く離れた国です。私は月を見ると、必ず故郷を思い出し、ハロウィンとなればアイルランドから伝わったお祭りを思い出します。故郷を忘れたことは一度たりともありません。私が日本について学んできたように、日本の皆さんにも私の故郷のことをより知っていただけたら嬉しいです。

本の大切なテーマ　想《おも》いを伝える

この本の大切なテーマは、愛と、愛の伝え方です。平安時代、宮廷の貴族たちが意中の人と会いたいとなれば、和歌の腕前が試されました。まずは上質な紙に気品のある筆跡で記された歌を贈ります。手紙を受け取った側は、歌の出来栄え、紙の質や文字の美しさを見て、贈り主に会いたいかどうかを決めていました。今の若い世代の人たちは主にLINE《ラ イ ン》、もしくは他のSNSで連絡を取り合うので、それを「超訳」にも反映しました。コミュニケーションツールは昔と今とで違いますが、共通点もたくさんあると私は思います。絵文字は、当時の人たちが使っていた和紙の装飾と似たような役割を果たしているかもしれません。かつての名だたる歌人たちのように、今の若い世代の人たちも、恋心をそれとなくほのめかしたり、遠回しに伝えたりするのに長けています。創意工夫も満ち溢《あふ》れていて、かつての人々の豊かな創造性は現代の人々にもきちんと受け継がれてきたのだといえます。

『百人一首』のうち半分近くが恋の歌です。この本では和歌を通じ、想いを伝えるスキルを上達させる方法を伝えたいと思います。景色、比喩、自然のイメージに自分の心を託しているものもあれば、巧みな言葉遊びや遠回しな表現を使っているものもあり、ユーモアを交えてみたりしたものもあれば、自分の気持ちを素直に「好きです！」と伝えているものもあります。恋愛の感性を磨く本として楽しんでいただければ嬉しいです。

NOTE

『シン・百人一首』専用のX《エックス》（旧Twitter《ツイッター》）アカウントを作りました。#@chojiku_yaku100

皆さんの連想もぜひ教えていただきたいので、「#シン百人一首」のタグを付け、何番の歌の連想か分かるようにしてぜひXに投稿してみてください。

目次

はじめに　2
超時空訳 百人一首　9
終わりに　240
ピーターのおすすめ　ほぼ古典文学めぐり「逆ルート」――嵯峨嵐山　252

カバー・本文挿画　東村アキコ
本文イラスト　才門千紗
装幀・本文デザイン　児崎雅淑
校正　鈴木さとみ
編集協力　向坂好生

＊本書における『百人一首』の表記は『新編国家大観』（KADOKAWA）を底本とし、読みやすさを考慮して適宜改めています。

超時空訳百人一首

一

秋の田のかりほのいほのとまをあらみわが衣手《ころもで》は露《つゆ》にぬれつつ

天智天皇《てんじてんのう》

現代語訳

秋の田のほとりの庵《いおり》の屋根は荒く粗末なものだから、露が隙間から落ちてくるが、私の袖を濡《ぬ》らすのは露だけではない。

超訳

私も古いアパートに暮らしてる

この超訳では、粗末な庵で恋人を想い涙する様子が、粗末なアパートで暮らす人に置き換えられています。私が生まれ育ったアイルランドの家は、とてもひなびた家でした。その家も今住んでいる嵯峨《さが》の家も、百五十年前に建てられた家屋で、趣とともに、どこか粗末さをまとっています。そうした長い時間の経過を感じさせる空間に住みながら、和歌の世界に想いを馳《は》せています。

　この和歌の面白いところは、解釈が二つあるところです。私たちはどうしても、唯一絶対の解釈があると考えてしまいがちです。しかし、歌には様々《さまざま》な解釈があり、それは歴史とともに変化していくものです。この歌は天皇が国民の苦労をいたわって詠んだという解釈と、涙を「露」に例えて、愛《いと》しい人への想いを歌っているという解釈もあります。私が翻訳した『英語で読む百人一首』（文春文庫）では、両方の解釈を反映させています。

In this makeshift hut / in the autumn field /
gaps in the thatch let dewdrops in, / but it is not
dew alone / that moistens my sleeves...

　古の和歌と現代の歌の歌詞を比較することは楽しさに溢れています。例えばスピッツの「アパート」という歌詞の中では、彼女の住んでいた古いアパートは取り壊されてしまってもうありませんが、彼の夢はまだ続いているのです。この歌詞の、恋人が暮らしていたアパートがなくなった今もその人に想いを寄せている様子は、元の歌の粗末な庵で恋人を想い涙する様子に重なります。学生時代か、もしくは社会に出たばかりでお金に余裕がなかった頃に想いを馳せているのかもしれません。スピッツの曲も、天智天皇の歌のように、素朴な日々を送る人に心を寄せていた様子が感じられます。現代の歌もまた、人によって歌詞の解釈が分かれることが多いですね。

二

春過ぎて夏来《き》にけらし白たへの衣干《ほ》すてふ天《あま》の香具山《かぐやま》

持統天皇《じとうてんのう》

現代語訳　春が過ぎて、夏が来たらしい。薫り高い天の香具山が真っ白な衣を干している。

超訳　夏が来た!　向かいのベランダではためく白いYシャツ

この超訳では、夏の天の香具山に干された真っ白な衣が、ベランダに干した真っ白なシャツに置き換えられており、そのシャツが爽やかな夏の到来を告げています。洗い立ての白いシャツを着た五人の爽やかな青年たちが登場する、洗剤の「アタックZERO」のCMから着想を得てつくりました。このCMをもとに発想を広げていくと、次のような超訳をつくることもできます。「アタックで洗った真っ白なシャツ　干す彼の後ろ姿」。

昔は、窓や縁側から見える景色と言えば山でした。一方で現代の都市部で窓から見える景色は、大抵が向かいの家やアパートのベランダなどです。元の歌と超訳を比べることで、人々が普段目にする空間が小さくなったことが感じ取れるのではないでしょうか。しかし元の和歌で

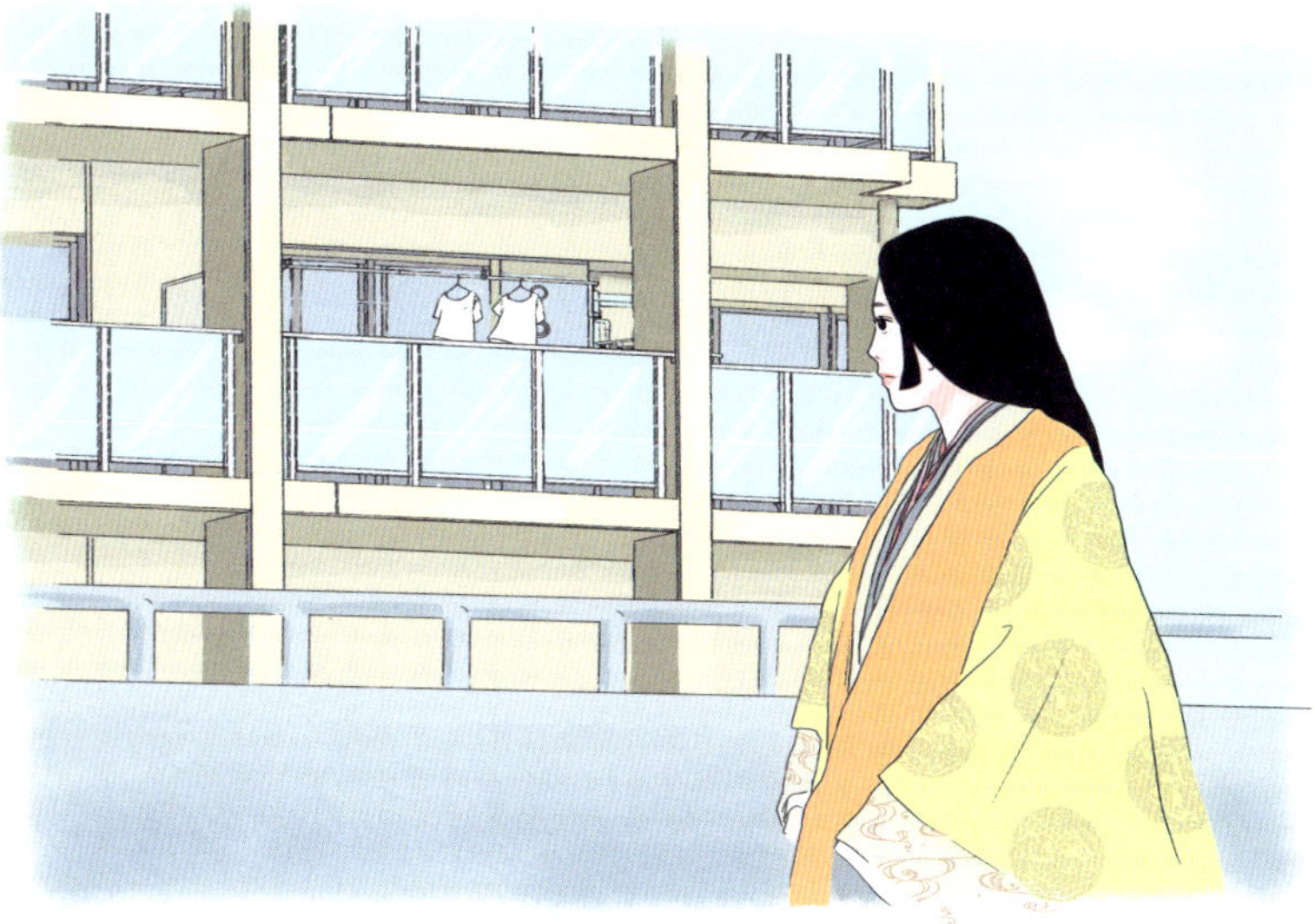

も超訳でも清らかさが感じられるのも、楽しいです。そして当時の人々が好んできた清らかさは、千年以上も変わることなく伝承されてきたのも分かります。超訳を通して、昔と現代での世界観の変化や普遍性が感じられます。

乃木坂《のぎざか》46の「ありがちな恋愛」という曲の歌詞は、超訳のイメージと重なります。曲の冒頭は、どの部屋にも同じ方向に窓がある団地で、洗濯物が風に揺れながら干されているイメージから始まります。続けて、洗濯物の色を見れば、その家族の様子が想像できると歌っています。この和歌も「ありがちな恋愛」も、干された衣をイメージして心の風景を表現しているところに素晴《すば》らしさを感じます。

三

あしびきの山鳥《やまどり》の尾のしだり尾の長々《ながなが》し夜《よ》をひとりかも寝《ね》む

柿本人麻呂《かきのもとのひとまろ》

現代語訳

寂しくひとりで寝ている夜が、山鳥の垂れ下がった尾のように、長く長く感じるよ。

超訳

朝四時　スマホ鳴らんしネトフリ映画三本目

この超訳では、ひとりで過ごす長い夜を、山鳥の尾からネットフリックスを日付が変わるまで見続ける夜に置き換えています。ネットフリックスとは、月額制の動画配信サービスのこと。最近では、略してネトフリとも呼ばれています。

かつては、寂しい夜に一人で眺めるものと言えば、月や星ぐらいしかなかったでしょう。ですが現代には、時間も心も埋めてくれるコンテンツがウェブ上に溢れています。ネットフリックスやアマゾンプライム、そしてユーチューブを見ていたら夜が明けていた、なんてことも。ただ動画や映画を見ていれば孤独が癒えるとは限らないのではないでしょうか。

元の和歌に登場する山鳥は、夜になると雄と雌が山を隔てて離れて寝るといわれていたそうです。当時の人々は、一人で寝る夜の寂しさを「山鳥」のイメージに重ね合わせていたのでしょう。

この歌の英訳は、私が最も上手《うま》く翻訳できたと思っている歌の一つです。この英訳については私の『謎とき百人一首――和歌から見える日本文化のふしぎ』（新潮選書）に詳しく記しています。興味ある方はぜひご覧ください。

この和歌から、国武万里《くにたけまり》の「ポケベルが鳴らなくて」という曲を連想しました。携帯電話がまだ普及していなかった時代、ポケットベルという連絡手段が流行しました。相手から一方通行で短いメッセージが伝えられ、受け取った側は公衆電話で相手に電話をしていました。メッセージは数字で表現するしかなかったのですが、当時の若者たちは、例えば「14106」＝「愛してる」など、工夫を凝らして使っていました。この歌の男女は、もしかすると不倫の関係なのでしょうか。女性の側からは直接電話することはできず、相手からのポケベルの連絡を長い時間、虚《むな》しく待つ様子を歌った歌です。

四

田子《たご》の浦にうち出《い》でてみれば白たへの富士《ふじ》の高嶺《たかね》に雪は降りつつ

山辺赤人《やまべのあかひと》

現代語訳

田子の浦に出て眺めてみると、真っ白な富士山の高嶺に雪が降っているよ。

超訳

「富士急」で
天地逆転
逆さ
富士

この超訳では、田子の浦から雪をかぶる富士山を眺める様子が、「富士急」のアトラクションに乗っているとき富士山が視界に入った瞬間に置き換えられています。ここで言う「富士急」とは、世界でも有数の絶叫系アトラクションがあることで有名な山梨県の遊園地、富士急ハイランドの略称です。

富士山はさまざまな視点から長きにわたって描かれてきたことでもよく知られています。例えば、葛飾北斎《かつしかほくさい》の版画『富嶽三十六景』や『富嶽百景』は、それまでになかった斬新な観点から富士山を描いています。また、冬には紅富士、夏には赤富士、そしてダイアモンド富士を望めることでもよく知られています。

また、逆さ富士でも有名です。逆さ富士と言えば、富士五湖《ふじごこ》に映ったものを思い浮かべる人が多いでしょう。私のお気に入りは、山中湖《やまなかこ》の夏と冬の景色です。逆さ富士の姿は旧千円札にも描かれていました。その歴史は古く、北斎の版画『富嶽三十六景 甲州三坂水面』にも描かれているほどです。超訳では、その素晴らしき画家、北斎のオマージュとして、全く新しい逆さ富士を生み出したいと考えました。そうして誕生したのが「ジェットコースターで一回転したときに見えた逆さ富士」です。冬ののどかな日に、雪によってイメージが際立った素《す》

西斎（ピーター・J・マクミラン）
「折り紙富士」

敵《てき》な逆さ富士を穏やかに眺めるのと、怖い乗り物に乗ったときに一瞬で逆さ富士が見えるというコントラストが気に入っています。この超訳と元の歌がどのように関連しているのか、疑問を持つ方もいるかもしれません。ですが両方とも、初めて富士山を見たとき、もしくは新しい視点から富士山を眺めたときの驚きを表しているのです。

私も富士山の崇拝者の一人であり、西斎《せいさい》という名前で日本の古典的な富士山のイメージを現代風にアレンジし、『新・富嶽三十六景』という版画シリーズを制作しました。

降りしきる雪のイメージは和歌にも現代の楽曲にも頻繁に登場します。富士山に雪が降るさまを詠んだこの和歌は、テイラー・スウィフトの「Snow on the Beach」という曲を想起させます。テイラー・スウィフトは、降り積もっていく雪を通して、相手に求められる夜に抗えない自分の無力さを歌っています。相手の誘いには応じてはいけないと分かっているのに、むしろ惹《ひ》かれていく彼女自身の心を、静かに、徐々に、彼女の周りに積もっていく雪と掛け合わせているのでしょう。この曲では、和歌でよく使われている、自分の心を自然のイメージに託すという表現方法を用いています。

五

奥山に紅葉《もみぢ》踏み分け鳴く鹿の声聞く時ぞ秋はかなしき

猿丸大夫《さるまるだゆう》

現代語訳

山の中、紅葉を踏み分けて行く――鳴く鹿の声を聞くとき、秋は悲しい。

超訳

ハロウィンの翌日
渋谷で踏み分ける大量のゴミ

この超訳では、落ち葉を踏み分ける歌人が、ハロウィンの翌日にゴミを踏み分けながら渋谷を歩く人に置き換えられています。

この超訳は、自然から都会に置き換えられているところが気に入っています。超訳が教えてくれるのはゴミについてではなく、現在の生活体験のほとんどが都会にあり、鹿の鳴き声を聞く機会のある人はそう多くないということです。

ハロウィンはもともと、私が育った、アイルランドとスコットランドで行われていたアニミズムの祭りでした。その起源は、ゲール人の祭りであるサウィンだと言われています。サウィンは、夏の収穫の季節が終わり、冬が始まる頃《ころ》に開かれる祭りです。この時期は、あの世との境界が弱まり、アオシ（精霊や妖精）がこの世にやって来る時期とされていました。

十九世紀にアイルランド人とスコットランド人がアメリカに移住した際、彼らはハロウィンを祝う習慣を持ち込み、やがてアメリカでは大きなイベントになりました。アメリカではかぼちゃに顔のパーツを彫り、その中にキャンドルを入れて飾りますが、アイルランドでは今も変わらず、人間の頭くらいの大きさのカブに似た野菜・ターニップを使用しています（イラスト参照）。

日本のお盆に似ていますが、帰ってくるのは先祖ではなく、いたずらをする妖精や精霊であり、人々は彼らのために食卓の席を空けたり、食べ物や飲み物を用意したりしていました。現在の仮装は、海賊などのコスプレを楽しんでいますが、当時の仮装は、精霊から身を隠すためのものでした。

鹿の悲しい鳴き声は、ディズニー映画「ポカホンタス」の曲「Colors of the Wind」を想起させます。この曲では、山々から聞こえてくる声を歌えるかと尋ねています。鹿の鳴き声も、山の声の一つです。

六

鵲《かささぎ》の渡せる橋におく霜《しも》の白きを見れば夜《よ》ぞふけにける

中納言家持《ちゅうなごんやかもち》

現代語訳

かささぎが天の川にかけた翼の橋を恋人たちは渡っている。その橋におりた真っ白な霜を見ているうちに夜がふけてしまった。

超訳

イルミネーションに照らされる恋人たち　僕も明日彼女と来よう

この超訳では、冬の天の川が、クリスマスのイルミネーションに置き換えられています。

昔は星を眺めて心を満たすことができましたが、今は街の明かりのせいで星がよく見えないことが多くなっています。そのため、無意識に抱えている心の隙間を、人工的な照明で埋めているわけです。

七夕伝説では、毎年七月七日、天の川にかささぎという鳥が並んで橋を架け、織姫《おりひめ》はその橋を渡って彦星《ひこぼし》に会いに行くとされます。かささぎは白黒の羽を持つ鳥です。日本では珍しい鳥ですが、私の故郷であるアイルランドでは、身近な存在です。子どもの頃に、このかささぎの有名な数え歌を習います。

「一羽は悲しみ、二羽は喜び、三羽は女の子、四羽は男の子、五羽は銀、六羽は金、七羽は絶対に話してはいけない秘密」。

もしも織姫と彦星のように愛する人と一年に一度しか会えないとしたら、どのように過ごしますか?

Supercell《スーパーセル》の「君の知らない物語」の歌詞では、空の星を見上げて織姫だけを見つけたけれど、彦星を見つけられずに……と歌っています。英語の曲でも天の川はよく歌われています。例えば、ザ・チャーチの「Under the Milky Way」では、輝く白さと少しの不思議さを感じる天の川の下にいる様子が描かれています。

七

天《あま》の原ふりさけ見れば春日《かすが》なる三笠《みかさ》の山にいでし月かも

阿倍仲麻呂《あべのなかまろ》

現代語訳　空の遠くに仰ぎ見ている月は、故郷の春日の三笠の山に輝いていた月と同じ月なのだなあ。

超訳　**今見ている月はアイルランドで見た月と同じなのだなぁ**

執筆者の家紋

この超訳では、唐に渡った仲麻呂を故郷から遠く離れた日本にいる私自身に置き換えました。

元の和歌は、遣唐使として唐へ渡った仲麻呂が、月を見て故郷を懐かしみ詠んだ歌です。仲麻呂がついに日本へ帰ることができなかったと知ると、より一層切なく感じますね。私はこの歌を読むたびに、遠く離れたアイルランドの故郷を思い出します。

また、私は月が好きなので、自分の会社の名前を「月の舟」にし、家紋を新しくつくるときも、月の上にうさぎが乗っている紋様をデザインしました。

うさぎは月のうさぎの伝説にちなんだもので、私のペンネームの一つもピーター・ラビットです。「月の舟」という言葉も、お気に入りの『万葉集』の歌に由来しています。この和歌について詳しく知りたい方は、私の『英語で味わう万葉集』（文春新書）をご確認ください。

同じ月の下で、遠く離れた場所にいる愛する人を想う様子は世界的にもよく見られる題材です。英語の曲にも、その様子が歌われているものが多くあります。例えば、ジュリアン・ハフの「Dreaming Under the Same Moon」は同じ月の下で愛する人が夢を見ていることに、安らぎを感じる様子を描いています。フィル・コリンズの「The Same Moon」では、好きな人も同じ月を見ているかと尋ねています。

八

我が庵《いほ》は都のたつみしかぞ住むよをうぢ山と人は言ふなり

喜撰法師《きせんほうし》

現代語訳

私は心穏やかに都のはずれでひとり暮らしているのに、皆は世の悲しみから逃れて宇治山にたどり着いたと言っているようだ。

超訳

Uターンして幸せに暮らしてるんだから
ほっといてよ

これは超訳のなかでも私のお気に入りの一つで、元の歌にとても似た心情が表現されているように感じます。宇治で平穏に隠遁《いんとん》生活を送る僧侶が、都会の生活を手放して地方に戻ってきた人に置き換えられています。

現代には、大都市から離れて田舎の小さな町や村で生活したいと願う人がいますが、今ほど都市部が過密でなかった平安時代でさえも人々は隠者としての生活に憧れ、都市の生活から逃れることを選択しました。

この和歌は、森高千里《もりたかちさと》の「ひとり暮らし」という歌を想起させます。歌詞には都会の生活になじめずに会社を辞め、田舎でアルバイトを選ぼうかと考えている様子が歌われており、元の歌の都会の生活に馴染めない世界観と重なります。私もアイルランドの田舎で育ったのですが、日本に来てからは長く東京で暮らしていました。コロナ禍に田舎暮らしに戻りたくなって京都郊外の嵯峨に移り住みました。喜撰法師と同じように、人々に私は世捨て人だと言われますが、今は鳥やカエルの鳴き声や繊細な季節の移りかわりをしみじみと感じ、楽しんでいます。

九

花の色はうつりにけりないたづらに我が身よにふるながめせしまに

小野小町《おののこまち》

現代語訳

桜の色も自分の花のような美しさも、色あせてしまった。春の長雨を眺めながら昔の恋のことで一人物思いにふけっているうちに。

超訳

私がおばあちゃんになっても……

歳《とし》を重ねていく不安を歌った曲はたくさんあります。この超訳は、第八番にも登場した森高千里の曲、「私がオバさんになっても」をもじったものです。例えば今回の超訳のベースになったこの曲は、昭和から令和にいたるまでテレビやラジオで流され続けている有名な曲です。

この曲では、歳を取ってもまだ泳ぎに連れて行ってくれるかと恋人に聞き、あざやかな水着を来た若い女の子たちに引けを取らないだろうかと心配する様子が歌われています。この歌は華奢《きゃしゃ》なスタイルで楽しくはしゃぐ、そういった若さがあるうちが華だという女性への固定概念が反映されている反面、歌詞やメロディーはポップで可愛《かわい》らしい一曲です。

恋愛は若いうちだけの楽しみだという先入観をお持ちの方もいるかもしれませんが、実際は歳を重ねても新しい恋を求めている人もいて、これはどの国にも言える現象です。美しかった小野小町がこの歌を詠んだことを想うと、なんとも切ない気持ちになりますが、実はアイルランドにも似た叙事詩があります。主人公は、アイルランド神話の女神です。彼女はとても美しく、いくつもの恋を重ねてきたのですが、やがて歳老いて醜《みにく》い老婆になってしまいます。小町伝説とこの詩はほぼ同時代の作品です。読み比べてみると、衰えていく美というのがいかに普遍的なテーマであるかを実感させられます。

曲の連想ですと、コブクロの「桜」という歌もありますね。この曲は、桜の花と恋愛を結びつけて、切ない気持ちを歌っています。また、「咲くLove」という発音を「さくら」と結びつける和歌伝来の掛け言葉のような言葉遊びの要素も見られ、桜を歌った曲の中でも特に好きな一曲です。

十

これやこの行くも帰るも別れては知るも知らぬも逢坂《あふさか》の関

蟬丸《せみまる》

現代語訳　ここがその場所か！　行く人も帰る人も、知っている人も知らない人も、別れては会う——逢坂の関。

超訳

なんやここは！

渋谷のスクランブル交差点

人混み凄《すご》いわ

この超訳では、逢坂《おうさか》の関で行き交う群衆を渋谷の交差点の人混みに置き換え、大阪弁で表現したものです。

逢坂の関とは、かつて京都と滋賀をつないでいた関所です（大阪ではありません）。平安時代において逢坂の関は東国への入り口であり、それを越えることは壮大な旅が始まることを意味していました。現代で例えると、羽田空港や渋谷、新宿のような賑《にぎ》わいのイメージでしょうか。

都市にまつわる英語の曲を思い浮かべると、エド・シーランの「Galway Girl」が思い出されます。ゴールウェイはアイルランドの西海岸にある町で、私の母方の家族が住んでいた場所です。シーランはこの曲でアイルランドとゴールウェイへの愛を讃えています。ちなみに、シーランの父親はアイルランド人で、シーランの赤毛は典型的なケルト人の特徴です。今日、「ケルト」という用語は一般的に、中世からアイルランド、スコットランド、ウェールズ、コーンウォール、マン島、ブルターニュの言語や文化を指し、この地域はケルト諸語圏とも呼ばれています。アイルランドは世界で最も赤毛の人口が多い国で、赤毛の人の割合は約十パーセントです。私が子供の頃、アイルランドでは「赤毛」は差別的な言葉でした。ですが、赤毛のシーランが有名になるとともに、偏見が和らいでいるように感じ、嬉しく思います。

ゴールウェイを歌った歌にはもう一つ、ビング・クロスビーの「Galway Bay」があります。アイルランドを舞台にした映画『静かなる男』にも登場したこの曲は、時代を通じてアイルランドの偉大な名曲の一つとなりました。歌い出しは「もしあなたが海を渡ってアイルランドに行くなら……」です。多くの読者の皆さんが、いつか海を渡って私の故郷を訪れてくれることを願っています。

十一

わたの原八十島《やそしま》かけて漕《こ》ぎ出《い》でぬと人には告げよ海人《あま》の釣舟《つりぶね》

小野篁《おののたかむら》

現代語訳

漁師の釣舟よ。私が愛する都の人に伝えておくれ。「島々を越え、広大な海の彼方へ私は一人で漕ぎ出した」と。

超訳

地元のマブダチにとりま伝えてくんね？
俺、海賊王目指すから

この超訳では、地元を出ていく若者が、尾田栄一郎《おだえいいちろう》の漫画、『ONE PIECE』の主人公ルフィが海賊王を目指して航海の旅に出ていく様子に重ねて、自分の旅立ちを周囲に知らせています。

マブダチのマブとは「本物の」の意味を持つ俗語で、ダチは友達のダチというところから、本物の友達＝「親友」を言い換えた言葉。とりまは「とりあえず、まあ」の略語。元の歌は政権批判を行った小野篁が、遥《はる》か遠く離れた隠岐国《おきのくに》へ流されるときに詠まれたものです。篁は返事がないと分かっていながらも、自分自身の出発を愛する人に伝えてほしいと懇願しています。実際のところ、篁は二年後に罪を許され、都に戻ることができました。結局は、めでたしめでたしです。

英語の曲にも、海と自由のイメージを組み合わせたものがたくさんあります。広く果てしない海が自由という印象に繋がるのはもちろんですが、単に「sea（海）」と「free（自由）」が韻を踏んでいるというのも、この二つの言葉がよく一緒に使われる理由かもしれません。メロディーに重きを置いている歌の中には、歌詞の内容が極めてシンプルなものがあります。例えば、クリストファー・クロスの「Sailing」では、夢と風に運ばれて、自由になっていく様子が表現されています。ロッド・スチュワートも、同じタイトルの有名な曲を歌っているのですが、そこでは愛する人のそばにいるために、そして自由になるために、海を渡っていく様子が歌われています。

十二

天《あま》つ風雲の通《かよ》ひ路《ち》吹きとぢよをとめの姿しばしとどめむ

僧正遍昭《そうじょうへんじょう》

現代語訳

天の風よ、天女を少し留《とど》めておきたいので雲の中の通り道を吹き閉ざしてくださいね。

超訳

帰らないでレイヤーさん！もうちょっと写真撮らせてよ

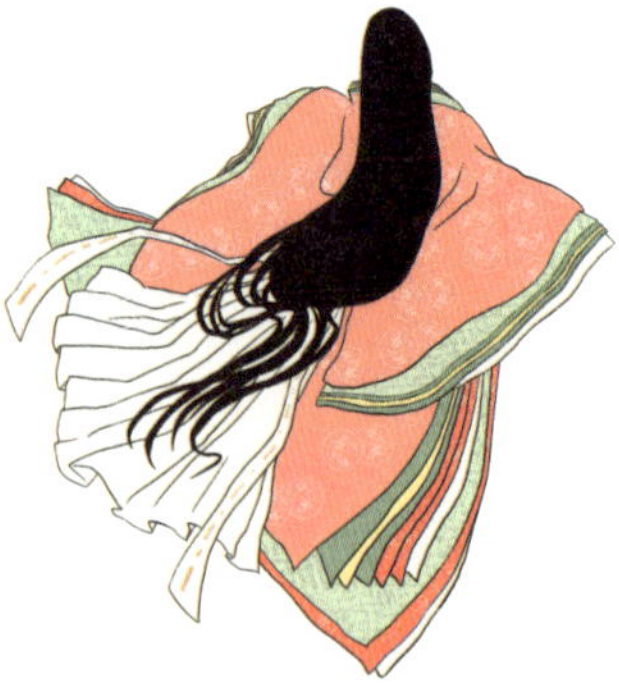

この超訳では、天女がレイヤーに置き換えられています。レイヤーとは、コスプレイヤーの略で、漫画やアニメ、ゲームなどのキャラクターの格好をしている人たちのことです。

レイヤーのファンも多く、撮影会などのイベントも開かれており、超訳では撮影に熱中するあまり、去ろうとするレイヤーを必死に引き留めようとするファンの様子を描いています。

元の和歌は、「雲の上」とも呼ばれていた宮中で舞を披露した舞姫の美しさを天女に例えて詠んだものです。そのときに披露された五節舞《ごせちのまい》は、かつて天女が歌いながら舞い降りてきたという伝説がもとになっており、舞姫の美しさに惹かれる気持ちから、風に天女の帰り道を閉じてしまうよう頼んでいるのです。宮廷に暮らす人々もまた、舞姫たちを少しでも長くいてほしいと思い眺めていたのでしょう。

「天の風」のイメージは、国や文化によって異なります。

「天」は日本でも西洋でも、神のいる場所というイメージがありますね。でも「天の風」というと、西洋では、例えば聖書の一節にこのようなエピソードがあります。五旬祭の日に一同が集まっていると、突然天から激しい風の音が響き、炎が一人ひとりの上に降り注いだといいます。この日はユダヤ教・キリスト教の祝日の一つで、その激しい風の音とともに精霊たちが降臨し、いろいろな言語で口々に話し始めたというのです。この和歌に詠われているように、天女を留めておくために「天の風」に雲の通り道を閉ざしてとお願いするイメージとは、ずいぶん違っていますね。

　この和歌から、日野美歌《ひのみか》・葵司朗《あおいしろう》「男と女のラブゲーム」という曲を連想します。スナックのママと常連客がよくデュエットする曲ですが、男女どちらもお酒を飲みすぎて、女性を帰したくないという男性の気持ちが和歌と重なります。また、この和歌からは、第五十番でも取り上げるYOASOBI《ヨアソビ》の「アイドル」も思い浮かびます。

十三

筑《つく》波《ば》嶺《ね》の峰《みね》より落つるみなの川恋ぞつもりて淵《ふち》となりぬる

陽成院《ようぜいいん》

現代語訳

筑波山の峰から流れ落ちるみなの川のように私の恋が流れ落ちつもって深い淵となりました。

超訳

A

先輩に呼ばれたらすぐに行っちゃうんだよね、好きって言ってくれないのにさ

B

それ完全沼《ぬま》ってるよ

この超訳では、つもっていく恋心が深い淵となっていく様子が、沼にはまっていくように恋に溺れていく様子に置き換えられています。「淵」は水の深いところ、川などのよどんだところを意味し、水深の浅いところは「瀬」と言います。

超訳で使われている「沼る」は、若い世代が使う表現で、まるで底なし沼にはまっていくかのように、周りが見えなくなるほど何かに夢中になっている状態のことです。英語でも陽成院の和歌と同様に、恋の淵という表現が使われることがあります。しかし、超訳で使っている「沼（swamp）」は海外ではマイナスのイメージのほうが強く、恋など、何かに夢中になるという使われ方はあまりされません。実際の使い方は、次のような感じです。

I am swamped in work etc.
残業（仕事）沼だ……
I am swamped in things to do.
やること多すぎ！

日本語でも、沼は「泥沼の争い」など、簡単に抜け出せないネガティブな状況に使われることが多いですが、最近の「沼にはまる」や「沼ってる」などは良い意味で使われることもあります。このような不思議な表現方法には若者の日本文化を感じます。

超訳から、宇多田《うただ》ヒカルの「君に夢中」を連想しました。この歌では、人生を狂わされてしまうほどの恋愛を歌っています。

十四

陸奥《みちのく》のしのぶもぢずり誰《たれ》ゆゑに乱れそめにし我ならなくに

河原左大臣《かわらのさだいじん》

現代語訳

陸奥の信夫《しのぶ》もじずりの乱れ模様のように、私の心が忍ぶ恋で乱れているのは、他の誰でもないあなたのせいだ。

超訳　お前が隣にいるとエイムが狂う

この和歌は、忍草《しのぶぐさ》を布にすり付けて染める染色技法「信夫もじずり」に掛けて、作者が「忍ぶ恋」（人に知られないように隠している恋）をしていると詠んでいます。この歌は「忍ぶ恋」をテーマにしていますが、平安時代の忍ぶ恋は恋の初期段階のことを言います。

相手にも周囲にも知られずに、密かに自分の中にだけ思いをとどめて心が乱れている様子を、FPSやTPSというジャンルのゲームをしている男子の、隣に好きな子がいてゲームに集中できない様子に置き換えています。FPSは操作する本人の目線で、TPSはキャラクターの背後視点で移動しながら戦うシューティングゲームの一種で、敵を倒すためには手元の微妙な操作が必要となります。エイム（aim）とは文字どおり「狙う」ことで、隣に好きな子がいる状況に緊張して、照準が狂ってしまっているのです。でも本当に打ち抜きたいのは、隣にいる子の心かもしれません。

信夫もじずりは模様が乱れた形になっているため、この歌では「その模様のように私の心が乱れている」と表現し、その心の乱れはほかならぬあなたのせいだ、と訴えています。少し遠回しな言い方をしていますが、要するに「あなたが好きだ！」と言っているのです。現代の日本語でも、よく遠回しな表現が使われますが、昔の欧米文学でも、同じように恋をほのめかすような表現がよく見られます。ただ今の時代は、英語でも日本語でも好きな人に対して「付き合って！」というような直球勝負も好まれます。それでもやはり、「あなたのことが頭から離れない」ということを間接的に伝えるのも、素敵かもしれないですね。

この和歌からは、宝塚《たからづか》歌劇団の「忍ぶの乱れ」という曲を連想しました。乱れる心が散りゆく桜の様子に重ねて表されています。

十五

君がため春の野に出《い》でて若菜つむ我が衣手《ころもで》に雪は降りつつ

光孝天皇《こうこうてんのう》

現代語訳　あなたのために七草を摘みに春の野に出ると、私の袖に雪が降っている。

超訳
ヴィーガンの
君のためにつくる
七草粥《がゆ》

この和歌の解釈を大きく変えて、ヴィーガンの歌として超訳してみました。

現在、日本ではヴィーガンはそれほど浸透していませんが、かつては、仏教が殺生を禁じていたことから、寺院では肉や魚を使わない精進料理が発達してきました。寺院以外でも、肉、特に牛や馬などの四本脚の動物を食べることが禁忌とされる時代が長く続いていました。肉食にはいろんな問題があります。例えば工業的畜産は、できるだけ低いコストで効率的に多く動物性食品を生産することですが、動物の飼育方法や残酷な殺し方をするなどの問題があります。また、畜産は温室効果ガスを多く排出するなど、環境への影響も大きいことが分かっています。環境負荷が少なく、動物を犠牲にしないヴィーガンやベジタリアンへの関心が、今後日本でも高まっていけばと思います。私は数年前にフレキシタリアンになり、可能な限り肉や魚を避けるようになりました。フレキシタリアンとは、基本は植物性食品を中心としつつ、肉・魚を食べることもあるという柔軟なベジタリアンスタイルを取る人のこと。セミ・ベジタリアンともいい、日本では「ゆるベジタリアン」とも呼ばれます。

音楽で言うと、amazarashi《アマザラシ》の「季節は次々死んでいく」を思い浮かべます。この曲は、人間の肉を食す喰種《グール》と、彼らを駆逐する人間との戦いを描いた人気漫画、石田《いしだ》スイ『東京喰種』のアニメ版のエンディングテーマです。MVの冒頭では、谷《たに》川《かわ》俊《しゅん》太《た》郎《ろう》の詩「恐竜人間」の一節〈イノチはイノチを食べて生きています／イノチを食べた私はいつかイノチに食べられる／私が美味しいといいのだけれど〉を引用しながら、私たちの食生活のなかに隠れる残酷さを表現しています。

十六

立ち別れいなばの山の峰《みね》に生《お》ふるまつとし聞かばいま帰り来《こ》む

中納言行平《ちゅうなごんゆきひら》

現代語訳

松が生えている稲羽《いなば》山のある因幡《いなば》へ旅立ちますが、私を待っているとと聞いたならば、すぐにあなたの元へ帰りますよ。

超訳

アイルビーバック！

この超訳では、あなたが帰ってきてほしいと言えばすぐに戻ってくるから、と言い残し、因幡に旅立つ男性の言葉が、映画『ターミネーター』の有名なセリフ、「I'll be back」（また戻ってくる）に置き換えられています。

暗殺ロボットのターミネーターが、抹殺対象のサラ・コナーの居場所を警察署で尋ねたとき、もう少し待っておくように言った警察官に「I'll be back」と告げ、その場を去ったかと思えば、車で警察署に突進。そのまま警察との銃撃戦へとシーンは変わります。和歌と同じ「帰ってくる」という意味の言葉ですが、ロボットらしい無感情な冷淡さを感じさせます。

この中納言行平の歌に含まれている「まつ」は、「松」と「待つ」の両方を意味する言葉です。このようなだじゃれ（掛け言葉）ができるのは日本語には同音異義語がたくさんあるからで、同音異義語が非常に少ない英語では掛け言葉はほとんどできません。以前『百人一首』を全て英訳した際には苦労しました。

英語の曲には「Wait for me（私を待って）」という言葉が使われているものがとても多く、一種の決まり文句のようになっています。例えば、ブルーノ・マーズの「Wait For You」は、一生かかったとしても自分の愛する人を待つという曲。愛する人とまた会いたいという気持ちをそのまま表現しており、この曲を彩っているのはメロディーと彼の甘い歌声です。一方で、第十番でも紹介したエド・シーランが歌う「Photograph」は歌詞の美しさが特徴的です。彼は好きな人に対して、帰ってくるまで待っていてほしい、そして十六歳のときに彼女が手に入れたネックレスに彼の写真を入れて、自分の居場所である彼女の鼓動のそばにいさせてほしいとお願いしています。

十七

ちはやぶる神代《かみよ》も聞かず龍田川《たつたがは》から紅《くれなゐ》に水《みづ》くくるとは

在原業平朝臣《ありわらのなりひらあそん》

現代語訳

（ちはやぶる）神代にも聞いたことがないほど美しい。龍田川の水を紅葉が真っ赤に染め上げてしまうとは。

超訳

かるたふだはらう袖ふるちはやふる

tie-dyeing its waters
in autumnal colors. 17
Such beauty unheard of
even in the age of the raging gods—
the Tatsuta River
tie-dyeing its waters
in autumnal colors.
17 Ariwara no Narihira

この超訳では、紅葉が鮮やかな錦のように川一面を真っ赤に染めている様子が、色とりどりのかるた札をはらう様子に置き換えられています。

通常の『百人一首』かるたの取り札は文字が書いてあるだけですが、私が制作した英語『百人一首』かるた「WHACK A WAKA」は、読み札と取り札を合わせて一つの絵ができるようになっています。そのため、取り札を床に散らすと、さまざまな色が広がって、錦のようになるのです。

末《すえ》次《つぐ》由《ゆ》紀《き》『ちはやふる』は競技かるたを題材とした人気漫画です。その影響力は絶大で、競技かるたの人口が百万人を超えるようになったと言われています。そのタイトル『ちはやふる』も、この和歌が由来になっています。古典文学を重んじつつ大胆に革新していくのは、日本文化の特徴の一つです。やはり日本文化は伝統と革新の融合だといえます。しかし、この漫画が人気になる前、「ちはやぶる」という言葉は他の物語で知られていました。それは、この第十七番の和歌にもとづいた落語です。そもそも「神」の枕詞《まくらことば》として使われた「ちはやぶる」ですが、使っている言葉は同じでも、そこから連想するものは時代や流行によって変わり続けていくのでしょう。『百人一首』かるたも、新たに英語かるたが広まっていくことで、新しい連想が生まれることを期待しています。

ちなみに、枕詞とは和歌の修辞法の一つで、ある特定の言葉の前につく決まり文句のようなものです。「ちはやぶる」はもともと荒々しいさまを意味し、「神」などにつきますが、枕詞として使われる場合、特にそれ自体に意味はありません。ちなみに、和歌と落語では「ちはやぶる」と濁音に、漫画では「ちはやふる」と清音になっていますが、意味や使い方に違いはなく、どちらを使っても間違いではありません。この漫画も、名前を『ちはやふる』とすることで言霊《ことだま》のパワーがついて、ベストセラーになる道が開かれたのかもしれません。言霊はすごいですね。

ここではシンプルに、映画『ちはやふる』の主題歌である、Perfume《パフューム》の「ＦＬＡＳＨ」が浮かびました。また、青山剛昌《あおやまごうしょう》の京都が舞台の映画『名探偵コナン から紅の恋歌《ラブレター》』の主題歌である、倉木《くらき》麻衣《まい》の「渡月橋～君 想ふ」も連想されます。

十八

住《すみ》の江の岸による浪《なみ》よるさへや夢の通《かよ》ひ路《ぢ》人目よくらむ

藤原敏行朝臣《ふじわらのとしゆきあそん》

現代語訳

住の江の岸に寄る浪ではないが、夜の夢の世界の通い路でさえも、あなたは人目を気にして来てくれないのか。

超訳

夢にくらい出てきてくれたっていいのに

この超訳では、意中の相手が自分に気がないのだろうという諦めの気持ちと、それでもやっぱり夢にだけでも出てきてほしいという願いを、現代の言葉でシンプルに表現しました。

『万葉集』がつくられた時代は、夢に誰かが出てくるのは、その人が自分に対して恋心を抱いているからだと考えられていました。元の歌がつくられたのは平安時代ですが、万葉時代の考え方がその当時も残っていたんですね。英語では日本語と同様に、夜に見る「夢」も、将来について抱く「夢」も、同じ単語「dream」を使います。しかし、もともと日本語では「夢」は寝ているときに見るものという意味しかなく、明治になってから英語の影響を受け、「将来についての『夢』」の意味が取り入れられるようになりました。言葉の意味は、このように広がっていくことがあります。

この和歌は、大滝詠一《おおたきえいいち》の「夢で逢えたら」を想起させます。最近は鈴木雅之《すずきまさゆき》のカバーがCMでも使われています。和歌に詠まれたような「夢」の考え方が反映されている歌といえます。英語には夢についての曲が数えきれないほどあります。私は今アイルランドと日本、両方の風景のなかで暮らしているので、和歌とつながりのある曲をそれぞれの国で知っているのですが、特に若い頃のアイルランドの曲を思い出します。この和歌から思い出したのは、アイルランドのバンド、クランベリーズの「Dreams」です。リードシンガーのドロレス・オリオーダンは、愛する人が夢そのものなのだと歌っています。

十九

難波潟《なにはがた》みじかき蘆《あし》の節《ふし》の間《ま》も逢《あ》はでこの世を過《す》ぐしてよとや

伊勢《いせ》

現代語訳

難波潟に生えている蘆の節と節の間ほど短い間さえも、あなたに逢わないでこの先ずっと過ごせというのでしょうか。

超訳

ふーん、
ストーリーは上げれるのに
LINEは返せないんだ

この超訳では、相手のことを考えるあまり、頻繁にSNSをチェックしては、さらに不安と嫉妬に陥っていく様子を表現しました。LINEの返事をしてくれない相手が別のSNSを更新しているのを見て、恋人である自分が蔑《ないがし》ろにされていることに苛《いら》立《だ》っているのです。作者である伊勢の恋人は他の女性に心変わりしてしまっていますが、この超訳の女性の苦しさとどこか重なるところがあるように感じます。

超訳に登場する「ストーリー（ズ）」とはインスタグラムやフェイスブックの機能の一つで、投稿した写真や動画が二十四時間後に自動的に削除されます。その特徴から、通常の投稿と比べると気軽に投稿することができます。ストーリーにはリアルタイムの投稿をする人が多く、投稿者が今どこで何をしているのかすぐに予測をつけることができます。また、ストーリーには「親しい友達」という機能があり、特定の人だけに自分の投稿を表示することができます。超訳の男側も、この機能をちゃんと使っていれば恋人を苛立たせることはなかったのかもしれません。

SNSの発達にはありがたい点が多くありますが、自分の行動に対して今まで以上に気を使う必要があると感じている人もいるのではないでしょうか。

二十

わびぬれば今はた同じ難波《なには》なるみをつくしても逢《あ》はむとぞ思ふ

元良親王《もとよししんのう》

現代語訳

悲しくて悲しくて、同じことならいっそ難波にある澪標《みおつくし》の名のように、たとえこの身が滅んでもあなたに逢おうと想う。

超訳

いっそ干されてもいいから会いたいんだ!

作者の元良親王は、宇多《うだ》天皇の寵妃、京極御息所《きょうごくのみやすどころ》と秘密の恋をしていましたが、それが露顕《ろけん》してしまい、逢うことができなくなってしまいました。一人の男性が妻や愛人を何人も持っていた時代でも、人妻、とりわけ天皇の妃との恋は許されません。露顕してしまった以上、相手に逢うことは天皇の怒りに触れる危険な行為ですが、たとえ自分が破滅することになったとしても、相手にもう一度逢いたいという切実な思いを詠んでいます。

「干される」はこの場合、仕事を与えられず職場などで孤立するという意味です。現代は昔に比べると、不倫が厳しく非難されるようになり、職場や社会の中で立場を失うこともあります。

超訳を作る過程で、「わたし、尽くすタイプなの」という案も出ました。「みをつくし」という言葉から、「尽くす」という言葉を連想したのです。結果的に、より元の歌の意味に近い訳になりましたが、こちらも元の歌とのギャップが面白いと思います。「尽くす」は全てをなくす、使い果たすという意味で、「身を尽くす」だと自分自身をなくす、身を滅ぼす意味になります。「尽くすタイプ」の「尽くす」も本来同じ意味で、「(相手のために)自分の力を使い果たす」というところから、あなたのためなら何でもするよ、ということになります。もともとの言葉の意味を考えると、実はかなり重い表現といえるかもしれません。

元の歌に出てくる「澪標」は船の通り道を示す目印として立てられた杭のことで、「身を尽くし」と掛詞《かけことば》になっています。かつては難波江(当時の淀川の河口付近)によく見られ、現在は大阪市の市章になっています。第八十八番の歌にも同じ掛詞が出てきます。逢いたいという強い気持ちからは、西野《にしの》カナの「会いたくて 会いたくて」が浮かびますね。

二一

今来《こ》むと言ひしばかりに長月《ながつき》の有明《ありあけ》の月を待ち出《い》でつるかな

素性法師《そせいほうし》

現代語訳

「いま行くよ」とあなたが言うから、九月の長い夜の間ずっと待ち続けていたのに、有明の月しか来てくれなかったよ。

超訳

美少女VTuber
姫川ヒメ

も~皆が来るの
ずーっと待ってたんだからね！

視聴者

ヒメちゃんの中身おじさん
説ってほんと？

元の和歌は、男性である素性法師が、恋人の訪れを待つ女性の立場で詠んだものです。この歌のように、異性の立場で和歌が詠まれることはよくあり、女性が男性の立場で歌を詠むこともありました。

超訳では、女性の立場で歌を詠む作者を、可愛い女の子の姿で配信する男性ＶＴｕｂｅｒに置き換えています。ＶＴｕｂｅｒとは、架空のキャラクターを使って動画配信をする人のこと。仕草《しぐさ》や話している内容は配信者とキャラクターで連動しており、キャラクターの容姿と声も好きに変えることができます。そのため、可愛らしいキャラクターを実はおじさんが演じていた、なんてこともあるのです。美少女ＶＴｕｂｅｒ 姫川ヒメには中身（演じている人）がおじさんという説があるものの、あまりに美少女の言動を心得ているため、おじさん説は嘘《うそ》なんじゃないかと疑っている様子を表しています。

日本は伝統的に性別に関係なく文化を楽しんできましたが、Ｇ７国で唯一、同性結婚を認めておらず、多様性への理解が遅れていると言われています。古典文学を通して考えることで、多様性を大切にする社会へのヒントが見つかるかもしれません。

カール・ビーンは「I was Born This Way」という曲で、自身が性的マイノリティであることをカミングアウトしましたが、この曲は女性やマイノリティ、ＬＧＢＴＱ＋の人々に勇気を与えました。レディー・ガガは、自身の曲「Born This Way」が、自分を自由にしてくれたと語っています。この曲は、彼女の最も売れたシングルの一つです。歌詞では、誰でもみんな、ありのままで美しい。なぜなら神様は間違いなどしないから。私はこんなふうに生まれてきたのだから、このまま正しい道を行けばいいのだと歌っています。

二二

吹くからに秋の草木のしをるればむべ山風を嵐と言ふらむ

文屋康秀《ふんやのやすひで》

現代語訳　風が吹くとすぐに秋の草木が折れるから、「山から吹いてくる風」のことを「嵐」というんだなあ。なるほど！

超訳

orzで
がっかりしている様子を表すのか、
なるほど！

日本では漢字を使った言葉遊びをよく見るのですが、今回の超訳では、アルファベットや記号を使って言葉遊びをしてみたいと思いました。ですので、和歌の中の漢字の「山」と「風」を組み合わせると「嵐」となるという説明を、アルファベットを使ったネット用語に置き換えています。

orzはネット上で「がっかり」という意味などで使われる記号です。oがうなだれる頭、rが床につく手、zがひざまづく足に見えることから、そういった意味で使われるようになりました。

日本語では、その言葉の意味を、漢字の見た目と結びつけて説明することがよくあります。例えば、ドラマ『３年Ｂ組金八先生』の主人公・中学教師坂本金八《さかもときんぱち》は、「人」という文字が二本の線が支え合っているように見えることから、「人は人によって支えられ、人の間で人間として磨かれていく」と、人は決して一人では生きていけないことを生徒たちに教えました。ちなみに実際の人という字は、一人で立っている様子を横から見たものを文字にしているので、人は一人でもしっかり地に足をつけて生きていけるという意味に捉えることもできます。

この和歌は、有名なアイドルグループ、嵐《あらし》のデビュー曲「Ａ・ＲＡ・ＳＨＩ」を想起させます。この曲は、アイドルとしての活動を切り開いていく嵐にピッタリな、エネルギッシュな曲です。体中に風を集めて、嵐を巻き起こせと歌っています。通常、嵐という言葉からは、自然の恐ろしさを想像しますが、嵐というグループと「Ａ・ＲＡ・ＳＨＩ」という曲からは、明るいイメージしか湧いて来ません。ちなみに英語では、「Ａ・ＲＡ・ＳＨＩ」のように中点で音節ごとに分けて書いたりはしないので、おもしろく感じます。

二三

月見れば千々《ちぢ》に物こそ悲しけれわが身ひとつの秋にはあらねど

大江千里《おおえのちさと》

現代語訳　月を見ると、あれこれと心が乱れて悲しくなる。私だけのための秋ではないけれども。

超訳

泣きたくなるような
moonlight

この超訳では、元の歌で詠まれている月を見て悲しむ気持ちを、人気アニメ、武内直子《たけうちなおこ》の『美少女戦士セーラームーン』の主題歌「ムーンライト伝説」の歌詞で表現しました。素直になりたいけどなれない、電話をしたいけどできない、そんなもどかしい乙女心を月の光がさす夜に一人抱える様子を歌った一曲です。アニメでは、主人公月野《つきの》うさぎは、憧れのタキシード仮面に変身する地場衛《ちばまもる》と結ばれます。実はこの二人は前世でもお互いを想い合っていたものの、違う星の王族に生まれたが故に、その関係は許されませんでした。「ムーンライト伝説」は、その二人が月の光に導かれ、ついに現世で出会えたことも歌っています。

英語の曲の歌詞に他の言語が使われることは滅多《めった》にありません。しかし日本語の曲には、この曲のように英単語が含まれていることがよくあり、それがとても興味深く感じました。

二四

このたびは幣《ぬさ》もとりあへず手向山《たむけやま》紅葉《もみじ》の錦《にしき》神のまにまに

菅家《かんけ》

現代語訳

今度の旅では、幣もきちんと用意することができませんでした。その代わりに錦のように美しい手向山の紅葉を手向けますので、神の御心のままに受け取ってください。

超訳

京都で買い忘れたので、
東京駅で八ッ橋買ってきました！

京都銘菓
八ツ

この超訳では、京都に行ったけれどもお土産を買い忘れ、東京駅で買った様子を表現しています。
日本には、各地域や都市ごとの名産品やお菓子をお土産として買って帰る習慣があります。例えば、八ッ橋、赤福、白い恋人、柿の葉寿司《ずし》などがあります。訪問先での感動や相手への感謝の気持ちを伝えたいという思いでお土産を購入する人が多くいる反面、最近では、旅先ではなく東京で買うこともできます。世の中が便利になる一方、本質が失われつつあります。

元の和歌に出てくる「幣」は紙や錦などを細かく切ったもので、これを捧げることで旅の安全を祈りました。和歌で詠まれているとおり、昔は神々にもお土産を捧げようと考えるほど、お詣《まい》りは心を込めて行われるものでした。しかし現代では、神社のお詣りやお寺のお参りをきちんとしないまま、御朱印をもらうだけで帰ってしまう人もいます。御朱印ブームで幅広い世代に寺社仏閣巡りが流行しましたが、どこかスタンプラリーのようになってしまい、お詣りの大切さが薄れているような気もします。

私がお土産と聞いて思い出す曲は、BUMP《バンプ》 OF《オブ》 CHICKEN《チキン》の「SOUVENIR」です。「souvenir」とは英語でお土産を意味しますが、この曲で歌われている「お土産」はお菓子などの物質的なものではなく、旅先で見た景色のこと。その意味では、フランス語の「mémoire」（記憶）という単語の意味に近いです。この曲の歌詞はとても詩的で、例えば帰りを待つ恋人に伝えるために、景色を心に大切に刻んでいく様子を、景色一つ一つにリボンをかけると表現したり、季節があいさつをしてくれた、涙を拾った等と表現したりしています。この曲と元の和歌のどちらも、自然の風景をお土産に例えているところに、共通点を感じます。

二五

名にし負《お》はば逢坂《あふさか》山のさねかづら人に知られでくるよしもがな

藤原定方《ふじわらのさだかた》

現代語訳

逢坂山のさねかずらが、その名の通り「逢って寝る」ものなら、さねかずらを手《た》繰《ぐ》るように、人に知られないで逢いに来る方法があればなあ。

超訳

文春砲食らうわけにいかないし、こっそりねこの超訳では、こっそりと逢って一夜を過ごそうとする様子を、スキャンダルを避けるために密会しようとしている様子に置き換えています。文春砲は、週刊誌の「週刊文春」によるスキャンダルのスクープに対して使う表現です。掲載された側が大きな社会的ダメージを受けることから、攻撃力のある砲撃に例えられています。その「週刊文春」は、芸能人や政治家のスクープと聞けば、誰もがこの雑誌を思い浮かべるほど、数多くのスキャンダルを報じてきた週刊誌です。芸能人の私生活を覗《のぞ》くのは、決して趣味の良いことではありませんが、スキャンダル報道を軸とした情報メディアは世界中にあり、世間のゴシップへの関心は世界共通であることを実感します。

この歌から、石原裕次郎《いしはらゆうじろう》の「夜霧よ今夜も有難う」を連想しました。この歌詞では、こっそりと逢う二人を夜霧が隠すという表現が用いられています。また夜霧を擬人化して、再び会わせてくれたことへの感謝を告げながら、別れのつらさ、いつか二人で幸せになりたいという祈りといった心情も描いています。霧という気象をラブソングにしっかり取り込んでいるところが和歌に通じています。一方で若い世代の方々は、ＹＵＩ《ユイ》の曲「Parade」に共感を覚えるかもしれません。この曲では、愛情表現として渋谷で堂々と手をつないで歩こうと恋人に語りかけている様子が歌詞になっています。昼間の渋谷で堂々と逢うという和歌とは真逆の発想は、現代ならではのように思います。

二六

小倉《をぐら》山峰《みね》の紅葉葉《もみぢば》心あらば今ひとたびのみゆき待たなむ

貞信公《ていしんこう》

現代語訳

小倉山《おぐらやま》の峰のもみじ葉よ、もし心があるならば、今回の上皇の御幸《みゆき》だけでなく、次の天皇の行幸《みゆき》まで散らずに待っていてくれ。

超訳

峰の紅葉
ちょ待てよ
俺、今週末デートなんだけど

この超訳では、次の天皇の行幸（天皇が出かけること）まで散らないでほしいと紅葉に願う様子が、今週末デートする予定の若者が、すでにピークを迎えた小倉山の紅葉に、まだ散らないでほしいと願っている様子に置き換えられています。「ちょ、待てよ」とは、一九九七年に放送されたドラマ『ラブジェネレーション』で主人公を演じた、元ＳＭＡＰ《スマップ》の木村拓哉《きむらたくや》のセリフです。

小倉山は嵐山の紅葉の名所としても知られており、藤原定家《ふじわらのていか》が小倉山の麓《ふもと》で歌を編纂《へんさん》したことが『小倉百人一首』の名前の由来とされています。『百人一首』の編者がこの和歌を採用した理由の一つは、小倉山を称える歌がほしかったからだと一説には言われています。それまで小倉山は、名前が「小暗し」に通じることから、暗い場所だと思われていました。この歌は、その美しさを世間に広めるきっかけになったとも考えられています。古典の和歌では、言祝《ことほ》ぐという美しい言葉があり、あらゆるものを言葉で祝福することが当時の歌人たちにとって重要なつとめの一つでした。景色や物事を美しい言葉で称える歌人たちは、現代でいうコピーライターかもしれません。そういう意味では、この歌は広告のような役割を果たしているといえるでしょう。

「紅」という文字を見ると、読み方こそ「くれない」ですが、Ｘ《エックス》ＪＡＰＡＮ《ジャパン》の「紅」を真っ先に思い浮かべる方が多いかと思います。この曲では、終わってしまった恋のために大声で叫び、慰めてくれる人もなく真紅に染まっていく様子が描かれており、最後は紅の中で泣いている姿を歌っています。また、ＮＨＫの「紅白歌合戦」の紅組《あかぐみ》もこの漢字を使いますね。紅白は毎年大みそかに放送され、有名な歌手やバンドが女性グループの紅組と男性グループの白組に別れ、歌を競います。

二七

みかの原わきて流るるいづみ川いつ見きとてか恋しかるらむ

中《ちゅう》納《な》言《ごん》兼《かね》輔《すけ》

現代語訳

みかの原を分けて湧いて流れている泉川の「いつみ」という音のように、「いつ見」たと言って、あなたが恋しく思われるのだろうか。

超訳

本当の顔も見たことないのに、好きになっちゃった

超訳では、マッチングアプリやＳＮＳで知り合った相手に恋をした様子を表しています。

昔は、身分の高い女性は人前に姿を見せないので、顔を見たこともない女性を噂《うわさ》だけで好きになり、恋が成就してはじめて顔を見るということがありました。初めての顔合わせでがっかりしてしまうこともあり、『源氏物語』でもこのようなシーンが描かれています。現在では、普段から顔を合わせる人と恋愛することもある一方で、マッチングアプリやＳＮＳなど、直接顔を合わせない方法で出会うこともあります。この場合、写真が載せてあったとしても、加工したものや別人のものである可能性があり、実際どんな人かは会ってみないと分かりません。ＳＮＳで知り合った相手と会って、犯罪に巻き込まれたというニュースも耳にします。第四十三番では、マッチングアプリで知り合った人と実際に会うところを超訳にしているので、ぜひ合わせて見てみてください。また外国では今も結婚まで顔を合わせないケースがあります。顔も見たことがない相手と恋をするということは、昔に限った話ではないかもしれません。

この和歌は、第二十五番にも登場したＹＵＩの歌「CHE.R.RY」を想起させます。この歌の中で彼女は、おそらく自分の恋心に気づいていないであろう人を好きになってしまった苦悩を歌っています。彼女は、最愛の人が自分の恋心に気づいてくれるよう、宵の明星に祈ります。このように英単語をバラバラにするのはとても奇妙ですが、和製英語らしく楽しく、独創的に感じます。

二八

山里は冬ぞ寂しさまさりける人目も草もかれぬと思へば

源《みなもとの》 宗于《むねゆき》朝臣《あそん》

現代語訳

山里は冬にいっそう寂しさが増してくる。
人も離れ、草も枯れてしまうと思うと。

超訳

Wi-Fiもねぇ
コンビニもねぇ
オレこんな田舎嫌だ

この超訳は、吉幾三《よしいくぞう》の「俺《お》ら東京さ行ぐだ」のオマージュで、もの寂しい冬の山里の暮らしが、都会のような便利さがない田舎の暮らしに置き換えられています。コンビニが、どれだけ人々にとって必要不可欠な存在になっているかを感じさせますね。

またこの和歌からは、石川《いしかわ》さゆりの「津軽海峡・冬景色」も連想します。冬で寂しい曲と言えばこの曲です。この曲では好きな人から離れて田舎に向かう様子が歌われています。凍えそうなほどの寒さの中で鷗《かもめ》を見つめる、もの悲しい冬の風景を聴く人に想像させます。この曲は私のお気に入りの一つで、和歌に近しいイメージを多く含んでいます。例えば、別れ、一人旅、涙、冬の鳥たちの鳴き声、寒々しい景色などです。和歌でいう千鳥が、この曲では鷗にあたるのでしょう。和歌では、悲しみを「浦」と重ね合わせることがありますが、この曲では海峡を用いて表現しています。表現の方法は異なりますが、心境はとても似ています。

私は和歌は演歌に似ていると思っています。演歌と和歌は、どちらも悲しみを題材にすることが多く、ときには自然の景色や場所の名称を用いて、悲しみを美しく表現します。また、和歌と演歌は娯楽としての共通点もあるように思います。悲しみが美しく表現されているのを聴く人は、深い感銘を受けますが、必ずしも悲しい気持ちになるわけではありません。多くの和歌が、歌合など特別な折に詠まれており、歌人自身が悲しみながら詠んだとは限りません。ただ歌のたしなみとして、感動的な悲しみの歌を詠んでいるのです。もう一つ、和歌と演歌には共通点があります。両方とも同じ光景やモチーフを、違う歌で繰り返し登場させているという点です。そのため、演歌も型の文化の一つといえるのではないでしょうか。

二九

心あてに折らばや折らむ初霜《はつしも》の置きまどはせる白菊の花

凡河内《おおしこうちの》躬恒《みつね》

現代語訳

注意ぶかく、折れるなら折ろうか。真っ白な初霜と見分けがつかない白菊の花を。

超訳

白って
二百色あるらしいけど、
霜と白菊同化してる

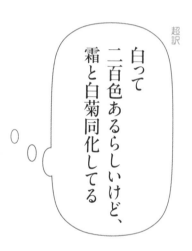

この超訳では、初霜と白菊の見分けがつかなくなっている様子を、タレント・アンミカのバラエティー番組での発言、「白って二百色あんねん」に置き換えています。白が二百色あるというのは彼女がパリコレクションのオーディションに挑んだ際に面接官に言われた言葉だそうで、数多くの白がある中どうして肌がくすんでいるように見える白を選んだのかと問われたといいます。

　この和歌では二つの異なるものを重ね合わせる「見立て」という比喩表現が使われています。普通に考えると初霜と白菊を間違えることはあり得ませんが、白い物同士を取り合わせたイメージは当時の文学界の美学でもありました。白に白を重ねた見立ては非常に好まれたようで、『百人一首』の中に何首もあります。

白と白を見立てる表現は、現代の歌詞にもときどき見受けられます。例えば、孤独感のような目に見えないものを白いもので例えている場合があります。レミオロメンの「粉雪」は、少しずつ降り積もっていく粉雪と白く染まっていく心を重ね、King《キング》 Gnu《ヌー》の「白日」は、今までの人生を真っ白な状態に戻すことと、すべてを隠すかのように降り積もる雪を重ね合わせています。「粉雪」の美しい歌詞に描かれているのは、粉雪が降る季節に、愛し合っている二人がすれ違ってばかりいる様子。しかし、粉雪が二人の心を美しい白に染めたのなら、二人は孤独を共有できるのではと歌っています。「白日」では悲しい別れを忘れ、まっさらな状態で人生をはじめるという思いを表現するために、すべてを覆う白のイメージを使っています。この和歌でも歌詞でも、雪はすべてを覆い、あらゆるものの区別を曖昧にするというイメージで描かれており、実はよく似ていることがわかります。しかし、和歌では美しい白い風景を描くのに白に白を重ねる技法が使われるのに対し、現代の恋の歌では悲しい別れや心の風景を表現するのに白が使われています。

三十

有明《ありあけ》のつれなく見えし別れより暁《あかつき》ばかりうきものはなし

壬生忠岑《みぶのただみね》

現代語訳

解釈① 有明の月の冷たい光に照らされて、あなたと別れて帰ったあのときから、暁ほど嫌なものはない。

解釈② 冷たく振る舞うあなたと別れて、有明の月が照らす中を帰った時から、暁ほど嫌なものはない。

超訳

月見るたびにフラれた好きピのこと思い出してつら

この超訳は、有明（明け方）の月を見る度に昔の恋人を思い出してしまう辛《つら》い気持ちを、現代の若者言葉で表現しています。

私は若者の言葉がとても好きです。その創意性は和歌の世界と共通していると思います。「好きピ」は「好きなpeople」を略した言葉で、つまり片思いの相手や好きな人のこと。英語と日本語を混ぜた言葉をつくる発想力の豊かさが、面白いですね。「つら」は辛いを短く表した言葉ですが、他にも「つらたん」「つらみ」「つらお」など、辛い気持ちを表す言葉は多くあり、若者言葉が絶えず進化し続けているのを実感します。この和歌は、有明の月、つまり夜明けの空に残っている月が見える頃の心情を詠んでいます。「つれなく見えし」とは、「冷たく見えた」の意味。何が冷たく見えたのか、その説は二つあります。この歌が載っている『古今和歌集』当時は女性が冷たく見えたと考えられ、藤原定家は、月が冷たく見えたのだと考えました。もし女性が無情だとすると、別れ際の女性が冷たく見えたことになり、月が無情だとすると、別れ際に見えた月が無慈悲なものに見えたことになります。

和歌では、月はさまざまな心境を映し出しています。第七番は、月を眺めながら遠くにいる大切な人に想いを馳せている様子でしたが、この第三十番は月を眺めながら昔の恋人を思い浮かべている情景が描かれています。こういった情景は現代の曲にも見られ、例えばJanne Da Arc《ジャンヌダルク》の「月光花」では、月の欠片《かけら》で夢を彩ろうとしますが、何が起ころうとも、最愛の人と愛し合っていた日々に戻れないことを歌っています。ゆずの「月影」の歌詞は、月を見ては恋人からの別れの言葉を思い出し、別れた人も同じ月を見ているだろうかと思っている様子を表しています。

三一

朝ぼらけ有明《ありあけ》の月とみるまでに吉野《よしの》の里にふれるしら雪

坂上是則《さかのうえのこれのり》

現代語訳　夜がほのぼのと明ける頃、有明の月が輝いているのかと思うほど白く、吉野の里に降っている雪だよ。

超訳　メイク濃すぎて証明写真白飛びしてるよ

この超訳では、月の白さと雪の白さを重ね合わせる表現を、ファンデーションをたっぷりと塗って写真が白飛びしてしまった様子に置き換えています。白と白を重ね合わせる比喩表現は、第二十九番にも使われている見立てという技法です。

この超訳は、会社のスタッフの知り合いの実体験からきています。肌の白さが美の基準とされるなか、トーンの明るいファンデーションを厚塗りした結果、撮影された白飛び写真。偶然ながら、見事に和歌同様、白の見立てが再現されました。

ところで、奈良の吉野は、川や山が歌に詠まれているほか、『新古今和歌集』以降は桜の景色を詠む歌が増え、桜の名所として西行《さいぎょう》や松尾芭蕉《まつおばしょう》にも愛されてきた場所です。私もこの土地は大好きで、何度も訪れました。一方、平安時代の吉野と言えば、雪の歌が多く残されています。この和歌は目を覚ますと外が明るく、明け方の月の光かと思えば、辺り一面が雪で白く染まっていたという情景を詠んでいます。

和歌と現代の歌詞とを比べるのも楽しいですが、故事成語と比較してみるのも、また面白いです。「蛍雪の功」は蛍の光や、窓の外で光を反射する雪の明かりを頼りに勉強していたという故事成語の一つ。雪の明かりが勉強できるほどのものだったかはさておき、それほどに雪の白さが夜に映えていたのかもしれません。この故事成語がもとになったと言われている歌が「蛍の光」です。特に卒業式で歌われており、蛍の光や窓に映る雪の光で勉学に励んだ日々を思い出しながら、学校生活を振り返っています。同じようなことわざは、アイルランドにはありません。日本は古くから中国の文化的な恩恵があったと感じる例の一つです。

三二

山川《やまがは》に風のかけたるしがらみは流れもあへぬ紅葉《もみぢ》なりけり

春道列樹《はるみちのつらき》

現代語訳

山中を流れる川に風がかけた柵《しがらみ》。それは、流れていくことができない紅葉だったんだなあ。

超訳

オーバーツーリズムで人が流れない

超訳では、風で散って川に堰《せ》き止められた紅葉を、観光地で身動きがとれなくなっている人々に置き換えました。

オーバーツーリズムとは、観光客の増加により観光地に悪影響が及ぶことです。混雑や交通渋滞で住民の生活に影響が出てしまう、もしくはポイ捨てや排気ガスの増加で環境や景観の悪化につながってしまうといったことが度々各地で問題になっています。観光は地域の経済を潤してくれますが、このような表に出ない部分にも目を向け、意識することが必要です。この和歌で使われている「しがらみ」という言葉は、現代語では「人間関係のしがらみ」のように、比喩的に自分を縛るものを意味します。しかし、かつては流れを止めるものを表す言葉として使われており、例えば恋に悩んで溢れる涙を袖でおさえる様子を「袖のしがらみ」と表現しました。漢字では「柵」と書きます。この和歌では風に吹かれてたくさん集まった色鮮やかな紅葉をしがらみに見立てて詠んでおり、歌人の発想の巧みさと情景の美しさが鮮明に伝わってきますね。

この和歌は、美空《みそら》ひばりの有名な歌、「川の流れのように」を思い出させます。歌詞では、人生は川の流れのようであり、夢を追い求めて果てしない道を旅する間、愛する人がそばにいてほしいと歌っています。

三三

ひさかたの光のどけき春の日にしづ心なく花の散るらむ

紀友則《きのとものり》

現代語訳

日の光が穏やかなこの春の日に、どうして桜の花は落ち着きもなく、あわただしく散るのだろうか。

超訳

このおだやかな春の日に、
どうして私の鼻は落ち着きがないのだろうか

この超訳では、落ち着きなく散っていく桜の花びらを、飛び散る花粉とむずむずし続ける鼻に置き換えました。

「しづ心なく」とは、落ち着きがないという意味で、慌ただしく散る桜を擬人化して詠んでいます。クスッと笑える遊び心のある超訳ですが、花と鼻という同じ音の言葉を使い、元の和歌で使用されている穏やかな春と慌ただしく散る花という対比、そして擬人化といった技巧を反映させてみました。

一方、超訳で取り上げた花粉は現代ならではのトピックです。現在、花粉に悩んでいる日本人はとても多いです。その背景にあるのは、戦後の木材不足を補うために行われたスギの植林と、地球温暖化による暖かい季節の長期化、不規則かつストレスの多い生活による免疫力の低下などです。自然や環境との付き合い方、そして日々の生活の送り方を見直す必要を感じさせます。

桜の曲はたくさんありますが、その中でもケツメイシの「さくら」はよく知られている歌のひとつです。「舞い散る」や「散りゆく」、そして「ヒュルリラ」など、桜の花びらが散る様子が様々な表現で描かれているのが特徴的な曲です。そして花びらが散っていくと同時に、声や香りなどの過去の記憶が蘇《よみがえ》っていく様子も描かれています。歌詞の繰り返しも多いためよく耳に残ります。また、歌詞の中で、男性が同じ香り、同じ景色、同じ風を感じているのに、違うのは君がいないことだけだと歌っているのは、『伊勢物語』の第四段に非常によく似ています。

三四

誰をかも知る人にせむ高砂《たかさご》の松も昔の友ならなくに

藤原興風《ふじわらのおきかぜ》

現代語訳

いったい誰を昔からの知人にしたら良いのだろうか。年老いた高砂の松でさえも、昔からの友ではないのに。

超訳

みんな結婚しちゃって、
遊んでくれなくなったなぁ

この超訳は、二十代後半くらいになって、昔の友人の結婚や子育てをきっかけに疎遠になってしまう様子を表現しています。

私も若かりし頃、日本で同じような経験を何度かしました。人は結婚を機に生活が大きく変わってしまうのだということにショックを受けました。

第三十三番と同じく、この歌にも擬人法が使われています。「松も昔の友ならなくに」を現代の日本語に訳すると「松も昔からの友人ではない」という意味で、つまり今では松が友人であると言い換えることができます。ちなみに松はそもそも長寿を連想させる植物です。年老いた松に寄りかかっても心に広がる虚しさは消えない。そんな様子を、巧みに表現しているように思えます。

この和歌から連想するのは、アニメーション映画『トイ・ストーリー』の主題歌、ランディ・ニューマンの「You've Got A Friend in Me」です。日本の皆さんは、ダイヤモンド☆ユカイが歌う日本語吹き替え版をよくご存知かと思いますが、ニューマンの英語の歌とは少し歌詞の意味が異なります。英語の歌では、相手への共感や寄り添う姿勢、強い友情を感じるフレーズがたくさん使われています。タイトルの「You've Got A Friend in Me」には、僕は君の友だちだよ、信じてというようなニュアンスがあります。日本語版の歌詞では、ずっとそばにいるという意味合いのフレーズに訳されています。これは、元のタイトルである「You've Got A Friend in Me」を非常に上手く訳していると思います。

三五

人はいさ心も知らず故郷《ふるさと》は花ぞ昔の香《か》ににほひける

紀貫之《きのつらゆき》

現代語訳

人の気持ちは変わりやすいものなので、あなたのお気持ちはわかりませんが、なつかしいこの故郷では、梅の花が昔と同じ香りで美しく咲いています。

超訳

インスタ見てると、あいつ変わっちまったよなこの超訳では、長く会わないうちに変わってしまったかもしれない人の心が、インスタグラム上で見る友人の変貌ぶりに置き換えられています。

まるで別人のように変わった友人を見たときに感じる、距離が遠くなってしまったかのような、裏切られていなくても裏切られたかのような気持ちを表現しています。

さて、この歌は貫之が久しぶりに泊まった宿の主人の「この宿は変わっていないのに、あなたはずいぶん心変わりされてしまった」という言葉への返答として詠まれたもので、恋の贈答歌のようにも見えます。その主人は女性であるという解釈と、男性であるという解釈がありますが、二人が恋仲でなかったとしても、恋歌の形式を取ることはときどきあったようです。それも歌の楽しみ方だったのかもしれません。もしあなたが同性の友人に歌を贈るとしたとき、このような歌を贈ることはできますか？　私たちは自分たちの時代がより多様性に富んでいると思いがちですが、実際同性間のコミュニケーションとなると、昔のほうが自由だったのでは？　と感じることがたまにあります。

瑛人《えいと》の「香水」は香水に焦点を当てており、その香りで昔付き合っていた女性を思い出します。別れてから三年経《た》ったときに、突然相手からＬＩＮＥが届きますが、付き合っていた当時とは変わってしまっている自分を軽蔑します。一方でドルチェ＆ガッバーナの香水の匂いは変わっていません。和歌とこの曲は、香りは変わっていないのに人は変わっているという点が重なります。

三六

夏の夜《よ》はまだ宵《よひ》ながら明けぬるを雲のいづこに月やどるらむ

清原深養父《きよはらのふかやぶ》

現代語訳

短い夏の夜は、まだ早いと思っている間に明けてしまったが、月は今雲のどのあたりで休んでいるんだろう。

超訳

月「わたしの出番短いんだけど」

この超訳では月を擬人化し、出番が短くふてくされている月の様子を表しています。元の和歌は、夏は日没が遅く日の出が早いため、月が空の端から端まで移動することができず、どこか途中で休んでいるのではないかと言っています。超訳は学生が考えてくれたのですが、若い世代の人も昔の人々と同じような視点で自然を見ているのだと気付き、とても嬉しく感じました。

和歌の世界では、夏の定番の連想としてよく挙げられるのは、短夜《みじかよ》やほととぎすです。さて、現代では夏と言えば何を思い浮かべるでしょうか。

多くの人が思い浮かべるのが、スイカ、海、甲子園、蟬《せみ》、そして花火などではないでしょうか。夏と言えばまさにこれ！　といったイメージはこれからもずっと変わらないと思うかもしれませんが、かつて夏の朝を知らせる定番だったほととぎすの鳴き声は今はあまり聞かれなくなり、夏の定番として名前があがらなくなりました。また現代では人工の明かりで真夜中も活動できるようになったことで寝るのが遅くなり、早朝にはまだ寝ている人も多いため、夜が明けたことを感じにくくなってしまいました。千年後には、私たちにとっての夏の定番も消えてしまっているかもしれません。千年先の夏の定番は何になっていると思いますか？

夏と聞けば、長く夏歌の定番であり続けている、第三十番でも紹介したゆずの「夏色」が頭の中に流れてきます。この曲では、自転車、風鈴の音、網戸、お昼寝、線香花火から思い出される、彼女との夏の思い出が鮮やかに歌われています。また、テイラー・スウィフトの「Cruel Summer」という歌は、傷つくことがわかっていても恋心を抑えられない、複雑な感情を表現しています。夏はナイフであり、深く傷つくことはわかっている、だから夏の恋は残酷だと歌っています。

三七

白露《しらつゆ》に風の吹きしく秋の野はつらぬきとめぬ玉ぞ散りける

文屋朝康《ふんやのあさやす》

現代語訳

白露に風がしきりに吹く秋の野では、糸を通していない玉が散るように、草の露が散らばっているよ。

超訳

愛車の撥水《はっすい》コーティング
塗り直しはじまる
水滴ビリヤード

この超訳では、風に飛ばされる露が、撥水コーティングを塗りたての愛車の上を滑る水滴に置き換えられています。車の表面を滑り落ちる水滴が他の水滴と合わさっていく様子を、ビリヤードの球がぶつかって転がっていく様子に重ねてみました。

文屋朝康の歌は、雨上がりの野原にきらめく露が秋の激しい風に乗って、まるで真珠のように輝きながら飛び散っていく様子を描いており、当時の歌人たちが日々の情景のなかに美しさを見つける感受性に富んでいたことが読み取れます。

ところで現代は、テレビやスマートフォン、街中の広告など、ありとあらゆるところに私たちの欲求を刺激するものが溢れており、アクセサリーやファッション、高層マンションやお金など、物質に豊かさを求める時代です。昔は露を真珠に見立てるだけで感動していましたが、今は本物の真珠でないと満足できない時代です。しかしながら、近年では物ではなく体験にお金を使うのが良いとも言われ始めています。美しい景色を見て感動するといったように、今後また求めるものや喜びの対象が変わっていくのかもしれません。

この歌は、松本隆《まつもとたかし》の最も詩的な歌詞の一つである、岩崎宏美《いわさきひろみ》の「真珠のピリオド」を思い出させます。元の和歌もこの曲も、玉を散らす様子や、ネックレスの糸が切れる比喩を描いています。歌詞では、光のイメージによってとても重層的な世界観を表現しています。蛍のように光る波や、白く輝く砂粒など、きらめく光のイメージが次々と描かれ、その美しく切ない一夏の恋愛に真珠のピリオドを打つと歌っています。

三八

忘らるる身をば思はず誓《ちか》ひてし人の命の惜《を》しくも有るかな

右近《うこん》

現代語訳　忘れられてしまう私のことはいいけれど、心変わりしないと神に誓ったあの人の命が惜しい。誓いを破った罰が当たるかもしれないと思うと。

超訳　私は別にいいんだよ？　慰謝料だけ払ってもらえれば

この超訳では、神様の罰が法的な罰則に置き換えられています。慰謝料とは、原則として相手の行動によって、自分が精神的苦痛を受けたときに請求できるお金のことです。

元の歌は相手への心残りが感じられますが、超訳の「慰謝料さえ支払ってもらえれば」という言葉からは、すでに冷めきっている雰囲気を感じますね。

私がこの超訳で特に面白いと思ったのは、クエスチョンマークの使い方です。英語圏では相手に質問があるときにしか使われませんが、日本ではより幅広い用途で使われていることに気づきました。例えばこの超訳では、あえてクエスチョンマークをつけることによって、「私は平気ですけど何か？」と相手の感情を探っているか、もしくは少し挑発しているようにも感じられます。

この和歌からは、東方神起《とうほうしんき》の「どうして君を好きになってしまったんだろう？」という歌を思い浮かべます。神様に誓いの言葉を述べているところは元の和歌と共通していますが、この歌では皮肉なことに、ずっと好きだった女性が別の男と結婚式で永遠の愛を誓っているのを見た際の悲しい気持ちを歌っています。この曲名にもクエスチョンマークが入っていますが、ここでは相手に質問するのではなく、自問自答するような意味で使われています。

三九

浅茅生《あさぢふ》の小野《をの》の篠原《しのはら》しのぶれどあまりてなどか人の恋しき

参議等《さんぎひとし》

現代語訳

浅茅が生えている小野の篠原――その「しの」ではないけれど、私はこれまであなたへの想いを「忍んで」きたのに、もう我慢できない。どうしてこんなにもあなたが恋しいのでしょうか。

超訳

もう隠してられない！
君のことが好き！

超訳では、抑えきれない好きの気持ちをそのまま言語化しました。さて、これは実際に勢い余って告白したときの言葉でしょうか。それともまだ一歩踏み出しきれず、ひとり悶々《もんもん》としているのでしょうか。想像してみるのも面白いかもしれません。

浅茅は丈が低いイネ科の植物のチガヤのことで、野原の中で身を隠すように生える浅茅と、隠そうとしても隠しきれない恋心を掛け合わせて詠んでいる歌です。また、「浅茅生の小野の篠原」は、隠しきれない恋心だけではなく、「しのぶれど」を導くための序詞《じょことば》にもなっています。序詞は音のつながりを意識して使われる場合もあり、この歌は「しのはら」「しのぶ」と「しの」の音がつながっています。他にも「しのはら」「しのぶ」「こひしき」と、「し」を続けて使っている部分があり、この歌はリズム的にも美しい歌だといえます。

この和歌からは、斉藤和義《さいとうかずよし》の「ずっと好きだった」を連想しました。この歌では青春を過ごした町に帰ってきた男性が、クラスのマドンナに久しぶりに会い、十六歳のときの恋を思い出している様子を歌っています。気持ちが抑えられずみんなが帰った後に二人だけで飲まないかと誘うところが、元の和歌の、ずっと隠してきた恋しさを抑えられないという内容に重なります。

四十

しのぶれど色に出《い》でにけりわが恋はものや思ふと人の問ふまで　平兼盛《たいらのかねもり》

現代語訳　人に知られないよう心の奥にしまっていたのに、顔に出てしまったよ、私の恋心は。「何か悩んでいるの？」と人が尋ねるほどに。

超訳　母「あんた何にやけてんの？」

この超訳では、何か悩んでいるのかと気づかれるほど顔に出ていたかもしれない恋心が、「あんた何にやけてんの？」とつっこまれる様子に置き換えられています。恋をすれば、気持ちを隠そうとしても、つい表情や仕草に出てしまうもの。妄想したり、相手の何気ない一言を深読みしてときめいたり、連絡がくるたびに胸が高まったりするなど、無意識のうちに顔がゆるんでいるなんてこともありますよね。自分の世界に浸っているので自分の表情には気づきもしないですが、そんなときに限って友達や家族に見られてハッと我に返ることも。

さて、この和歌を第四十一番の和歌と比較して考えてみました。この和歌は、村上《むらかみ》天皇主催の「天徳《てんとく》内裏《だいり》歌合《うたあわせ》」という、和歌を二首ずつ出して優劣を競う行事で詠まれたものです。このときの相手は、『百人一首』

に並んで載っている第四十一番の壬生忠見《みぶのただみ》でした。優劣がつけがたく、判断を委ねられた天皇でさえ、おおやけには勝敗を下さなかったと言われています。ただ天皇は、ひそかに兼盛の歌を口ずさまれ、そこで兼盛の「しのぶれど」の歌が勝ちと決まったのです。

今の日本では「忍ぶ恋」と聞くと、「人目を避けて会う」「不倫」などのイメージがありますが、この和歌で詠われているのは胸に秘めた片思いという意味の「忍ぶ」です。そこから、ｍｉｗａ《ミワ》の「片想い」という歌や、第二番でも紹介した乃木坂46の「気づいたら片想い」という曲を連想します。特に「片想い」の歌詞の中にある、相手に伝えることができない片思いは、平安時代も、千年経った今でも、変わらないものですね。

四一

恋すてふわが名はまだき立ちにけり人知れずこそ思ひそめしか

壬生忠見《みぶのただみ》

現代語訳

恋をしているという私のうわさがもう広まってしまった。ほかの人に知られないように、こっそり想い始めたのに。

超訳

私が先輩のこと
好きって
言いふらしたでしょ

この超訳では、秘めた想いを抱いていた平安時代の女性が、こっそり先輩に恋心を抱いていた現代の女性に置き換えられています。

中高生の頃、誰かが誰かを好きという情報は多くの人が興味を抱く話題でした。誰々はこのことを知っているけど、誰々は知らないと自分では思っていたとしても、いつの間にか噂は広まっているものです。人々が噂話が好きなのは昔から変わっていないようです。

第四十番のところで紹介したように、この和歌は平兼盛の歌と歌合で競われたものです。あなたはどちらの和歌の方が好きですか？　私は最初、兼盛の歌の方が気に入っていました。美しい言葉を巧みに使う表現は、英語圏の美意識に通じる部分があるからです。ですが今もう一度読んでみると、忠見の素直な表現もやはり素敵だと思います。

この和歌からは虹《にじ》のコンキスタドールの「君のこと好きなのバレてます!?」や、アイドルカレッジの「好きバレ」が連想されます。どちらも意中の相手に好きであることがばれてしまうかもしれないことを歌った、女性アイドルグループの曲です。

四二

契《ちぎ》りきなかたみに袖《そで》をしぼりつつ末《すゑ》の松山《まつやま》波越さじとは

清原元輔《きよはらのもとすけ》

現代語訳

約束したでしょう。お互いに涙で濡れた袖を絞りながら、あの末《すえ》の松山を波が越すことのないように、私たちの関係も絶対に変わらないと。それなのにあなたは……。

超訳

私たちの約束はあずきバーくらい固いと思ってたのに……

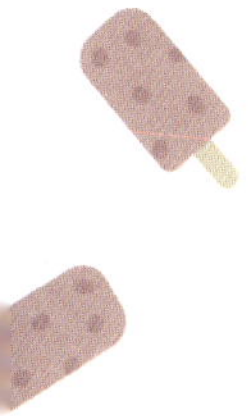

この超訳では、末の松山を波が越すことがないほど、この契りが破れることなどありえないという表現が、硬くて噛《か》めないアイスクリームのあずきバーに置き換えられています。あずきバーは製造・販売元の井村屋が注意喚起するほど硬く、あずきバーで釘が打てる、サファイヤより硬いなどと話題になっています。

末の松山と津波との関連から、サザンオールスターズの美しい歌、「TSUNAMI」を思い出しました。東日本大震災の後、この歌を歌うことが難しくなったと聞きましたが、その気持ちはよく分かります。この曲自体はラブソングで、津波を「侘《わび》しい」と表現しています。そして思い出は雨のように降ると歌っています。この曲は数々の美しい自然のイメージに歌い手の感情を託しており、『万葉集』の長歌にも通じるものがあります。

また、元の和歌の「袖をしぼりつつ」というフレーズから、太田裕美《おおたひろみ》の「木綿のハンカチーフ」を連想しました。都会へ旅立っていった彼の心変わりを知った彼女がほしいのは、涙をふくための木綿のハンカチだけという、遠距離恋愛の切ない結末を歌った歌です。「袖をしぼりつつ」と、涙をふくための木綿のハンカチーフのイメージが重なっています。

四三

あひみての後《のち》の心にくらぶれば昔は物を思はざりけり

権中納言敦忠《ごんのちゅうなごんあつただ》

現代語訳

逢って契りを結んだあとの、この恋しく切ない思いに比べると、逢う前の物思いなんて、何も思っていないのと同じだったよ。

超訳

プロフより
リアルのほうが
可愛くて……

この超訳では、ついに逢瀬を果たしたものの、さらに激しく想いが募っていく様子が、マッチングアプリで気になっていた人に逢ったら更に惹かれていく様子に置き換えられています。「プロフ」はプロフィールの略語です。現在は、時間や手間のかかる婚活パーティー・結婚相談所を利用する人が減りました。「自分の時間を大切に」という考えが広がったことで、全力で婚活をするのではなくアプリで効率的に婚活をすることが主流になってきているのでしょう。

アプリには実際よりも魅力的に見えるように撮った写真を載せることが多いので、会ってみたらがっかりした、ということも起こり得ます。この超訳のように、本物の方がかわいい、というパターンであればラッキーですね。

元の和歌の「あひみて」の「みる」は、平安時代では初めて逢うこと、つまり共に寝ることを意味していました。当時は夜に男性が女性のもとを訪れる通い婚が一般的な結婚生活であり、結婚するまではお互いの顔を見ることさえありません。紫《むらさき》式部《しきぶ》『源氏物語』には、光源氏《ひかるげんじ》が一夜を共にした女性の顔を初めて見て、その醜さに驚く話があります。その女性は鼻が赤かったので、赤い花である「末摘花《すえつむはな》」と呼ばれました。現代のＳＮＳやアプリを通じての出会いに似ているように感じます。

この和歌からは、布施明《ふせあきら》の「君は薔薇より美しい」を思い浮かべました。この曲は、久しぶりに再会した女性が美しくなっており、心惹かれ、更に夢中になると分かっていながら、相手の誘いに乗る恋心を表現しています。このように、時間が経つにつれて恋心がより強くなっていく様子が元の和歌と重なりますね。

四四

逢《あ》ふことの絶《た》えてしなくはなかなかに人をも身をも恨《うら》みざらまし

中《ちゅう》納《な》言《ごん》朝忠《あさただ》

現代語訳

もし男女が逢うということがまったくなかったならば、かえって相手のことも自分のことも、恨んだりしなかっただろうに。

超訳

男子「男子校最高。」

女子「女子校最高！」

この超訳では、いっそ異性に出会いさえしなければよかったのにという嘆きが、異性との出会いがない学校生活を謳歌する、生徒たちのふっきれにも近い感情に置き換えられています。

青春には部活動、文化祭などさまざまなことがイメージできると思いますが、学生時代の恋愛というのもその一つでしょうか。男子校、女子校にもそれぞれの青春の形があります。例えば、男子校の男子も、女子高の女子も、異性の目を気にして格好よく振る舞う必要がないため、自分の好きなことを思い切りできたり、個性を大っぴらに発揮できたりするから気楽だと聞いたことがあります。

さて、この超訳の面白いところは「。」と「!」を使い分けているところです。女子は「!」で思う存分楽しんでいる様子がうかがえますが、男子は共学への憧れもあるのでしょうか、超訳では「。」が彼らの心の声を語っているような気がします。

この和歌では、意中の相手を強く愛しすぎている自分への苛立ちが表されています。第九十九番も同じく恋ゆえの恨みについての歌ですが、こちらは愛しすぎたが故に慕る相手への憎しみを詠んでいます。恨みの対象は異なりますが、どちらも愛と憎しみは表裏一体であることを思わせます。

小柳《こやなぎ》ゆきの「あなたのキスを数えましょう〜You were mine〜」という曲はこの和歌のイメージに重なります。この歌では別れた人との思い出を探ることで寂しさが増し、出会わなければよかったの?　と自問しています。この歌でも元の和歌でも、出会わなければよかったと本当に思っているわけではなく、相手を深く愛しているからこその表現です。時代に関係のない切ない恋心の辛さが感じ取れます。

四五

あはれともいふべき人は思《おも》ほえで身のいたづらになりぬべきかな

謙徳公《けんとくこう》

現代語訳

私のことを「かわいそうに」と言ってくれそうな人は、誰も思い浮かべられないで、私は思い焦がれながら死んでしまうんだろうな。

超訳

ニート「どうせ誰も私を愛してくれない」

引きこもり「どうせ誰も私を愛してくれない」

美少女「どうせ誰も私を愛してくれない」

この超訳では、誰にも想われぬまま虚しく死んでいくことへの感情が、誰にも愛されないと嘆くニートと引きこもりと美少女の言葉に置き換えられています。

今回は珍しく三人それぞれのひとりごとに置き換えました。それぞれからどのような印象を感じましたか？　発言する人が変わるだけで印象が大きく異なるのではないでしょうか。

ニートは二〇〇四年頃から日本で広く使われるようになった言葉で、就学も就職もしていない若者を指します。「働く気がない」「怠《なま》けているだけ」といった偏見をもたれがちですが、その原因の一つとして、終身雇用制度の崩壊や新卒よりも即戦力になる人材への需要の高まりなどが背景にあります。働いていないという現実は、自分は何の役にも立てていないという無力感、そして大きな孤独感に繋がります。

引きこもりは就学・就職・人との交流を避ける状態が続いている人のことです。二〇二三年に内閣府によって発表されたデータによると、引きこもりは全国で約百四十六万人いると言われています。その背景には、人間関係の悩みや精神疾患が存在しています。外に出られず引きこもっている自分に自己嫌悪を抱いて、さらに人との接点を避けてしまうようになり、ニートよりも深い孤立に陥ってしまいます。

さて、美少女はというと、顔が良いと注目されたり人気を集めたりしやすい傾向にありますが、周囲の期待に応えすぎると、周りが自分に求めているものと本当の自分とのギャップに苦しんでしまうことがあります。依存症や摂食障害、自傷行為を行っている人のなかには、社会では頑張り屋さんで素直と評価される人、見た目が整っている人もいます。そう思うと、孤独の大きさは、外見や学歴、就業の有無ではかれるものではないのかもしれません。

ニートや引きこもりが「誰も愛してくれない」と言うと、「自業自得だ」と思われることが多い気がします。美少女が言うとその心情を理解して同情する人もいるのかもしれませんが、一方で「そんなわけない」と信じない人や、「気づいていないだけだ」「贅沢だ」と反発する人もいるかもしれません。

また、この超訳を考える過程で、男性と女性を主語にしたものも考えていました。同じ言葉を使っても、男女で印象が異なる場合もあるように感じます。

このように、発言者の性別や社会的地位によっても言葉の受け取られ方が変わってきます。外見や肩書きのみで人を判断することはあまり良くないと分かってはいても、相手の事情を考えながら判断するのは決して簡単なことではありません。

一人ひとりが自分も偏見を持っていることに気づいていくことで、本当に多様性を認め合える社会を目指していくことができるのではないでしょうか。

BE:FIRST《ビー ファースト》の「Blissful」という歌の歌詞は、自分たちの運命を切り開き、どんなところにでも道を切り開いていこうとする様子を歌っています。この曲の魅力は、ポジティブで楽しい気持ちを表現する英語のフレーズの使い方です。これから歩んでいく新しくエネルギッシュな人生を表現するのに、左や右に動くという表現は独創的ですが、でも説得力があります。「blissful」は、「この上なく幸せ」という意味です。私もこの歌で、読者のみなさんにこの上ない幸せが訪れるように、エールを送りたいと思います。

四六

由良《ゆら》の門《と》を渡る舟人《ふなびと》梶《かぢ》を絶《た》え行方《ゆくへ》も知らぬ恋の道かな

曽祢好忠《そねのよしただ》

現代語訳

由良の流れの速い瀬戸を漕ぎ渡っていく船頭が、櫂《かい》をなくして流されていくように、どこへどう進むかもわからない、私の恋の道。

超訳

恋のナビは行き先不明

この超訳では、櫂（舟を漕ぐための道具・オール）を失い流れていく舟を、ナビでさえ行方の分からない恋に置き換えています。恋に落ちるということは、自制心や自我を失うということであり、だからこそ、櫂を失うという表現は恋に落ちる様子を表すのにぴったりです。

一方、現代では車のナビや地図アプリが発達しているので、初めての目的地でも迷わずに行けるようになりました。恋はそんな便利な時代でさえ、どこに行きつくのか分からないほど、思い通りにはいかないものです。

この歌の特徴は、巧みな隠喩が仕掛けられていることです。初句で由良の門（流れの激しい河口を指す）が、二句で舟を漕ぐ人の存在が、三句で櫂を失くし、四句で行き先も分からずただ流されている状態になるのがようやく見えてくるのですが、結句まで読んでようやく舟人の物語は恋の道の隠喩であったことが分かるのです。そして、櫂を失い激しい水の流れに流されていく舟人の様子と、恋に悩んでいる姿はぴったりと重なります。このように、少しずつ情景が明確になっていくなかで、そのすべてが伏線だったと最後に種明かしする構成は、見事な技巧だと思います。

この和歌からは、薬師丸《やくしまる》ひろ子《こ》の「Woman〝Wの悲劇〟より」を連想します。この曲には、オールのない船が流されていくといった歌詞があり、和歌のイメージとぴったり重なります。

またこの和歌のイメージは、ジョン・ウィリアム・ウォーターハウスの絵画「シャーロットの乙女」やジョン・エヴァレット・ミレーの「オフィーリア」を彷彿《ほうふつ》とさせるもので、和歌と同質のロマンを感じさせます。

四七

八重葎《やへむぐら》茂《しげ》れる宿のさびしきに人こそ見えね秋は来にけり

恵慶法師《えぎょうほうし》

現代語訳

草ぼうぼうの寂しい宿に、人は誰も来ないのに、秋だけはやってきた。

超訳

友達は来ないのに Uber だけはやってくる

この超訳では、寂しい家に誰も来ないけれども秋だけはやってくるという和歌の表現を、Uber Eats《ウーバー イーツ》の配達だけはやってくると置き換えています。Uber Eatsとは二〇一六年にアメリカから日本進出を果たしたサービスで、近くのレストランやカフェ、コンビニのメニューを自宅まで届けてくれるというものです。最初に、今の時代にどんな人が訪問してくるかを考えたとき、新興宗教の勧誘や保険会社の営業などが思い浮かびましたが、少し時代遅れになってきているように感じました。一方で、Uberは現代ならではのように思います。超訳のように、自炊をするのではなく、一人で美味《おい》しい食事を注文して誰とも分け合わずに食べるというのは、私たちが生きている孤独の時代にぴったりなイメージのように感じられます。

この和歌からは、トワ・エ・モワの「誰もいない海」という曲が連想されます。海水浴シーズンではにぎわっていたのに、秋になって誰もいない寂しい海を見つつ、愛しい相手の顔を思い浮かべながら、約束したことは忘れないという物悲しい歌です。

四八

風をいたみ岩うつ波のおのれのみ砕けてものを思ふころかな

源《みなもとの》 重之《しげゆき》

現代語訳　風が激しすぎて、波が岩にぶつかって自分だけ砕け散るように、私だけが心も砕けて悩む今日この頃……。

超訳　**バキバキに割れたスマホの画面　もはや私の恋心**

この超訳では、岩にぶつかって砕け散った恋心が、スマートフォンの液晶画面に置き換えられています。元の和歌は、激しい風に吹かれ、岩に打ち当たって砕け散っていく波を片思いに悩む心に、波が打ち当たっても微動だにしない岩を片思いの相手に例えています。

　スマートフォンの画面は、割れてもその破片が飛び散ることはあまりなく、まるで片思いに深く苦しむ心のようにヒビが入ったままになります。その様子を、波のように砕けながらも、まだ想いが消えない恋心と重ねてみました。

　この和歌からは、Kinki Kids《キンキキッズ》の「硝子の少年」を思い出しました。この歌では、彼の心はヒビの入ったビー玉のようで、その中に彼女の顔が逆さまに映って見えると歌っています。また、ガラスの破片が胸に突き刺さるような痛みと、和歌の、波によって心が砕けるような痛みが重なるように思います。歌詞の中で、「一緒にいてくれ」というフレーズを日本語ではなく英語で言っていますが、日本語よりも英語のほうが気持ちが伝わりやすいということでしょうか。もしくは、あえて諦めの気持ちで英語で歌っているのでしょうか。

四九

みかきもり衛士《ゑじ》のたく火の夜《よる》は燃え昼は消えつつ物をこそ思へ

大中臣能宣朝臣《おおなかとみのよしのぶあそん》

現代語訳

宮中の門を守る衛士の焚《た》く篝火《かがりび》が、夜は燃えて昼は消えるように、私の恋心も、夜は燃え上がり、昼は消えて、心が沈んでいます。

超訳

深夜テンションで送ったLINE、朝見返すとめっちゃ恥ずいこの超訳では、恋心の昼と夜の温度差が、深夜に送ったＬＩＮＥに置き換えられています。「深夜テンション」とは、深夜になると脳の理性をつかさどる中枢神経系の働きが抑えられて気分が高揚し、普段なら取らない言動を取ってしまう状態を言っています。これは飲酒した際に陽気になるのと同じことが起こっているそうです。そんなときに送った文章を冷静になった状態の自分が見たときに、こんな文章を送っていたのかと恥ずかしくなる様子を表しています。

この和歌は通い婚が一般的だった頃に詠まれた歌で、会う時間が限られていたからこそ、夜は一層気持ちが高まり、日が昇ったときはより名残惜しさを感じたのでしょう。

楽曲の一番盛り上がる部分を「サビ」といいますが、英語の歌でも日本語の歌でも、曲の中で「サビ」が何度か繰り返されます。一方で、詩歌をみてみると、欧米の詩や劇では、クライマックスを最後に持ってきますが、日本の和歌では、クライマックス感が薄く、その位置も自由だと感じます。この和歌を英訳するとこうなります。

The troubled heart of mine / is like the watch fire of the guards / of the palace gate— / It fades to embers by day, / but blazes up again each night.

元の和歌では「夜は燃え昼は消え」ですが、英訳ではクライマックスを強調するために「夜」と「昼」の順番を変えて、「夜」を最後に持ってきました。日本と欧米の文化の違いが垣間《かいま》見えますね。

五十

君がため惜《を》しからざりし命さへながくもがなと思ひけるかな

藤原義孝《ふじわらのよしたか》

現代語訳

あなたに逢うためなら命も惜しくないと思っていたのに、あなたに逢えた今は、少しでも長く生きていたいと思ってしまう。

超訳

推しのために生きる

この超訳では、この人こそが生きる目的と思えるほど愛《いと》おしい人が、「推し」に置き換えられています。

アイドルグループの中で一番好きなメンバーを「推しメン（推しているメンバー）」と言い、単に「推し」とも呼ばれます。「推し」は主にアイドルや俳優・声優、アニメキャラクターなどに対して使う言葉で、他の人に勧めたいと思うほど好きで応援している相手のこと。最近は人以外の好きなものにも使われています。元の和歌では恋が成就した喜びを詠んでいますが、超訳の「推し」は恋人ではなく、ファンとして応援したいという気持ちです。元の和歌とのギャップも楽しんでみてください。ちなみに、推しのことを本気で好きになってしまうことを「ガチ恋」と言ったりもします。

この和歌からは、第十二番で紹介したYOASOBIの「アイドル」を連想しました。この曲は、原作赤坂《あかさか》アカ、作画横槍《よこやり》メンゴの人気アニメ『推しの子』（1期）の主題歌で、アニメの主要人物の一人、「星野アイ」をモデルにつくられました。アイは内側に孤独や闇を抱えながらも、アイドルとして活動しているときは見事にファンの理想を演じきる、まさにアイドルの鑑《かがみ》のような女性です。

アイドルはキラキラとした笑顔を振りまき、ファンの熱量が高い反面、所属事務所から恋愛を禁じられているグループがあるほど、「純粋」で「誰のものでもない」イメージを守ることが求められています。この曲には、欠点を一つも見せない彼女の姿と、彼女に集まる僻《ひが》みや妬《ねた》み、高い理想を押し付けるファンの声といった業界の光と闇が映し出されています。

五一

かくとだにえやは伊吹《いぶき》のさしも草《ぐさ》さしも知らじな燃ゆる思ひを

藤原実方朝臣《ふじわらのさねかたあそん》

現代語訳

伊吹山のさしも草の「さしも」という音のように、あなたは私の燃えるような恋心をそれほどまでであるとは知らないのでしょうね。

超訳

最新の美容レーザー、
めちゃくちゃ痛かったけど、
君は気づいてくれない

この超訳では、燃える思いを美容レーザーの痛みに置き換えています。元の歌の「さしも草」は第三十九番にも出てきた序詞という技法で、同じ音である「さしも」（それほどまでも）という言葉を導き出しています。相手への思いの強さは、元の歌では「さしも草のように燃えあがる」ほど、超訳では「痛みに耐えながら美容レーザーで容姿を整える努力をする」ほどですが、相手にはなかなか伝わらないようです。

このさしも草はお灸の原料でもあり、最初は「鍼灸でも消せないこの胸の痛み　おきゅう」という超訳をつくり、「お灸」と「きゅん」の音を掛け合わせていました。しかし、鍼灸治療は現代でも行われているとはいえ、若い人には広く認知されているわけではありません。そのため、今の美容医療でよく使われるレーザー治療を用いた、その一瞬ながらも激しいチクッとする痛みと、恋の心の痛みを重ねることにしました。

この和歌からは、小泉今日子《こいずみきょうこ》の「木枯らしに抱かれて」の歌詞を思い浮かべます。和歌も歌詞も、燃えるような恋心を歌っていますが、相手はその気持ちを知りません。その寂しさや孤独を寒い冬の季節に、そして恋心を激しく燃える炎にたとえています。

五二

明けぬれば暮《く》るるものとは知りながらなほ恨《うら》めしき朝ぼらけかな

藤原道信朝臣《ふじわらのみちのぶあそん》

現代語訳　夜は明けたら、また暮れるものだとはわかっているけれども、それまであなたに逢えないと思うと、やっぱり明け方が恨めしい。

超訳

朝なんて大嫌い

この超訳では、朝がきて好きな人と別れなければならない様子が、朝を嫌う様子に置き換えられています。

この和歌も第五十番の和歌もそうですが、男性が女性と逢瀬を果たした翌朝に女性に贈る歌を「後朝《きぬぎぬ》の歌」といいます。また夜になれば互いに逢うことができますが、それでもなお、朝がくるのは寂しい。そんな心境をストレートに詠むことで、別れる際の名残惜しさや切なさを印象的に表現しています。

現代で、後朝の歌に代わるものは何だろうかと考えたとき、帰路で送るＬＩＮＥが思い浮かびました。今は朝ではなく夜のうちに恋人と別れる人も多いでしょう。その帰りの電車の中で「今日もありがとう」と連絡を入れるのは、当時の貴族たちのように相手への愛情があるからこそだと思います。

この和歌から連想したのはあいみょんの「朝が嫌い」です。超訳にぴったりのタイトルですね。ですが、歌の内容はむしろ第五十三番の和歌に合っていると思います。夜も一緒にいてほしいのに、朝にふっと訪ねてきて、知らない間に帰っていく彼への気持ちを悲しく、切なく歌っています。夜に訪ねてきて朝に帰っていく平安時代の貴族の男性たちとは、朝と夜が逆ですが、男性が自分の権限で女性のもとに訪ねてくるという形が似ています。彼が訪ねてくるのを待つ気持ちと、いつか訪ねてこなくなるのではという不安な気持ちで揺れ動き、朝が嫌いと歌っています。

五三

嘆《なげ》きつつひとり寝《ぬ》る夜のあくるまはいかに久しきものとかは知る

右大将道綱母《うだいしょうみちつなのはは》

現代語訳

あなたがいらっしゃらないことを嘆きながら独りぼっちで寂しく寝る夜がどれほど長く感じられるか、ご存じですか？

超訳

最近出張多いね？

この超訳では、ひとり寂しく過ごす夜が、夫が出張という名目で家を空けてばかりいる様子に置き換えられています。相手の浮気を疑うようになった理由としてよく挙げられるのが、出張の増加です。出張だと言い訳して出かけることが増えた夫に対し、妻が遠回しに探りを入れる様子を表現してみました。

この超訳では文末のニュアンスにもこだわりました。「ね？」にすることで相手を責めながらも寂しさを伝えたい女性の様子を表現しています。これが「よね」となると相手を攻め、半ば諦めている様子が想像できます。

作者は有名な日記文学『蜻蛉日記《かげろう》』を書いたことで知られる女性で、この歌もその日記に書かれています。作者の時代は、貴族の男性が何人も妻を持っていた時代で、作者の夫だった藤原兼家《かねいえ》にも複数の妻がいました。兼家は別の妻（藤原道長《みちなが》の生母）と同居し、作者のところには通ってくるだけでした。『蜻蛉日記』によれば、別の女性のところにばかり通っていた夫が訪ねてきた時にこの歌を贈ったところ、夫はそのまま別の女性の家に行ってしまったそうです。今なら夫がほかの女性と関係を持っていたら不倫として非難されますが、当時はこんなふうに恨み言をつぶやくだけで、夫を止めることはできなかったのですね。

この和歌から、女王蜂《じょおうばち》の「コスモ」という歌を連想しました。和歌もこの歌も、うまくいかない恋の残酷さを歌っています。「コスモ」では、はかない恋のシンボルとして、夜の帳にかかったカゲロウが出てきます。和歌の女性は、朝まで男性を待っていますが、男は別の女性と一夜を過ごしたのかもしれません。どちらも、恋愛の相手を責めているという点で同じです。

五四

忘れじの行《ゆく》すゑまではかたければ今日《けふ》をかぎりの命ともがな

儀同三司母《ぎどうさんしのはは》

現代語訳　「ずっと君のことを忘れない」とあなたは言うけれど、これから先どうなるかは分からないから、あなたに愛されている今日で命が終わればいいのにと思う。

超訳　死んでもいいわ

この超訳では、身を滅ぼしても逢いたいと思うほどの強い恋心を、二葉亭四迷《ふたばていしめい》が翻訳の際に使用した言葉に置き換えています。

夏目漱石《なつめそうせき》の有名な逸話で、「I love you」を「月が綺麗《きれい》ですね」と訳したというものがあります。実際にこうした訳はないようですが、俗説としてよく知られています。その奥ゆかしく美しい表現は日本人に受け入れられやすいものでした。その返事として間違って紹介されることがあるのが、「死んでもいいわ」です。二葉亭四迷がロシアの文学作品ツルゲーネフの『片恋』のセリフ「Ваша」(私はあなたのものよ)の和訳として、「死んでも可いわ」を選びました。端的ながら、どれほど相手を愛しているかを感じさせる表現です。

藤井風《ふじいかぜ》の「死ぬのがいいわ」という美しい曲があり、相手への愛着が「死ぬのがいいわ」という言葉で表現されています。サビ前半では、恋人のことを「あなた」と呼んでいますが、後半では「あんた」に変わっており、歌い手の心情も穏やかでないことが感じられます。別れてしまうぐらいなら死ぬほうがマシと訴えるこの曲には、強烈な相手への執着や失恋の痛みの激しさが漂っていますね。なかでも私が興味深いと思ったのは、日本語では「you」に代わる言葉がたくさんあり、ちょっとした違いで意味も変わるということです。この曲のみならず、現代でも数々の映画や音楽で「死ぬほうがまし」「今日が最後の日だったらいいのに」といったセリフをよく耳にしますが、なかには、相手を束縛するための脅しとして使われることもあります。

五五

滝の音《おと》は絶《た》えて久しくなりぬれど名こそ流れてなほ聞こえけれ

大納言公任《だいなごんきんとう》

現代語訳

滝の音は途絶えてから長い歳月が過ぎたけれど、その評判は流れ続けて今もなお伝わっている。

超訳

ちょwwwおまwww有名人じゃんwww

この超訳では、滝のように流れ続ける評判を、SNSの投稿が多くの人に広まった友人に置き換えています。昔は多くの歌に詠まれることで、その場所が広く知られるようになりました。近年では、インスタグラムやX（旧Twitter）で流行が形成されることが多くなっています。この超訳での友人も一時的にバズっただけでなく、和歌における滝のように評判が長く続くと良いですね。

超訳に使われている「ちょ」は「ちょっと」、「おま」は「お前」の略。「w」は、インターネットやSNSで使われる笑い（笑）を意味する表現です。三つ並べた「www」が草が生えている様子に見えることから、「草」「草が生える」と表現することもありますね。和歌は自分の気持ちを自然の景物に託すことがよくありますが、感情を「草」で表すのはそれと少し重なるように思います。

この和歌を歌ではなく、西洋の詩と比較しましょう。オジマンディアスの遺跡についての詩です。オジマンディアスは古代エジプトの王の一人、ラムセス二世のギリシャ語名です。近国ヒッタイト王国と戦ったカデシュの戦いで、世界初の平和条約を結んだ人物です。一時水没の危機に陥ったことでも有名な世界文化遺産アブ・シンベル神殿を築いたことでも知られています。パーシー・ビッシュ・シェリーの「オジマンディアス」という詩では、彼は偉大な王であったが、その跡には石以外に何もなく、ただ砂漠が広がっていると詠んでいます。いくら威光が強くても残りはしないという人の儚《はかな》さが想像力豊かに詠まれています。松尾芭蕉の俳句「夏草や兵どもが夢の跡」も近い発想ですが、西洋ではこのように「残らない」ことを詠んだ詩が多いです。「名前が残る」ことを詠む今回の歌とは対照的です。名を言祝ぐ、そこに呪的な要素を見いだすのは日本文化の魅力的な要素でしょう。和歌の文化がこれからも絶え間なく流れていくことを祈りたいと思います。

五六

あらざらむこの世の外《ほか》の思ひ出に今ひとたびの逢《あ》ふこともがな

和泉式部《いずみしきぶ》

現代語訳　死んでこの世を去る前の思い出に、せめて今あなたに逢いたい。

超訳　コロナで自宅待機中だけど、逢いたい……

この超訳では、死の床で逢いたいと願う気持ちが、新型コロナウイルス感染症の自宅待機で逢えない気持ちに置き換えられています。

新型コロナウイルス感染症が流行《はや》りはじめたとき、実態がなかなか明らかにされず、多くの人々が感染と死の恐怖を抱えていました。実際に最初は多くの人が亡くなりましたが、現在、新型コロナウイルス感染症はインフルエンザと同等の扱いになり、警戒心も弱まりました。そう考えると、新型コロナウイルス感染症は時間が経つにつれて変化する「定番」の一つの例だと思います。今回の超訳は、新型コロナウイルスが最初に出現したときの状況を想像します。

この和歌で連想するのは、MISIA《ミーシャ》の「逢いたくていま」です。この歌は、もう二度と逢えない人へ向けて、逢えないことはわかっていてももう一度、今すぐ逢いたいという気持ちを歌っており、元の和歌と重なっています。和歌では、死ぬ前に愛する人と逢いたいと詠っていますが、MISIAの歌では、抱きしめてほしいと歌っています。他にも、back number《バックナンバー》の「高嶺の花子さん」は、自分には高嶺の花である彼女への諦めの気持ちとともに、魔法の力ででもいいから今すぐ逢いたい気持ちを歌っています。EXILE《エグザイル》の「ただ・・逢いたくて」は、別れた人にもう一度逢いたいけれど、逢えない寂しさを歌っています。加藤《かとう》ミリヤの「Aitai」も連想します。逢いたいことを歌った歌はたくさんありますね。

五七

めぐりあひて見しやそれともわかぬまに雲がくれにし夜半《よは》の月かげ

紫式部《むらさきしきぶ》

現代語訳

久しぶりに逢ったのに、逢ったのがその人だとも分からないうちに、慌ただしく別れてしまった。まるで雲に隠れてしまった夜半《よわ》の月のように。

超訳

ＴＬ《タイムライン》に流れてきた神絵、更新したら消えちゃったこの超訳では、元の和歌におけるすぐに別れてしまった友人を、気になったイラストが見つけられなくなってしまった様子に置き換えています。

「TL」とはタイムラインの略で、SNSでフォローしている人の投稿や、ユーザーが興味のありそうな投稿などが表示されるページのこと。TLで気になる投稿が目に入って、その文章を読みたい、画像などをよく見たいと思っても、画面が更新されてしまうと投稿の並びが変わり、気になった投稿が見つからなくなってしまったということもしばしば起こるといいます。ちなみにこのタイムラインという言葉は、英語ではスケジュールや年表を意味します。

また、非常に出来栄えの良いイラストに対して、賞賛の意味を込めて神絵《かみえ》と呼ぶことがあります。そして神絵を描く（描いた）人のことを神絵師《かみえし》と呼びます。「神」は人やものに対して感動したときに使われる表現で、特別にすごい、かっこいいと思ったときに使う言葉です。英語圏では、このようにくだけた表現として「God」を使うことはまずありません。むしろ安易に使うのは敬遠されており、「Oh my god」と言うときも、代わりに「Goodness me」や「Oh my gosh」を使う人も実は多くいます。だからこそ、「神絵」という言葉を聞いたとき、日本と欧米での宗教観による神様への認識の差や、日本の言葉遊びの幅広さを実感しました。

この和歌から、第五二番でも紹介したあいみょん作詞作曲のDISH//《ディッシュ》の「猫」という歌を思い浮かべました。愛する人と別れた男性の気持ちを歌った曲です。彼女がいつの日か突然戻ってきてくれないか、戻ってきてくれたらいいなと歌っています。フラッと出ていってしまった彼女を猫にたとえて、またフラッと戻ってきてくれることを期待しています。彼女のことを猫にたとえているのが可愛いですね。

五八

有馬《ありま》山ゐなのささ原《はら》風吹けばいでそよ人を忘れやはする　大弐三位《だいにのさんみ》

現代語訳

有馬山の近くの猪名《いな》の笹原に風が吹くと、そよそよと音がする。その「そよ」ではないけれど、さあそれですよ、私があなたのことを忘れるわけがないじゃありませんか。

超訳

嵐山の竹林で撮った君の着物姿　僕の待ち受け

この超訳では、大切な人のことを忘れずにいる様子を、好きな人の写真をスマートフォンの待ち受けにし、大切にし続けている様子に置き換えています。また、より身近な題材となるよう、有馬山を京都の嵐山に、笹原を竹林に変えてみました。有馬山は、現在の兵庫県にある有馬温泉付近の山々で、猪名も同じく兵庫県の地名です。

この超訳で彼女が着ている着物はレンタル着物で、最近の京都観光の流行りです。レンタル着物では、安っぽい着物を使っているところもあると聞きますが、私は若い世代の人たちや海外の観光客が着物に身を包んで楽しく嵐山をめぐっているのは、素敵な光景だと思います。

この和歌からは、加山雄三《かやまゆうぞう》の「いつまでもいつまでも」を連想します。どちらも、そよ風と愛について歌っています。歌詞には、そよ風が彼に愛をくれたという描写など、素敵なフレーズがたくさんあり、和歌の「ささ原」や「いでそよ」ということばに重なります。また、歌詞では永遠に相手を想い続けると歌っていますが、和歌では、愛する人を決して忘れないと詠《うた》っています。

五九

安らはで寝《ね》なましものを小夜《さよ》ふけてかたぶくまでの月を見しかな

赤染衛門《あかぞめえもん》

現代語訳

あなたが来ないとわかっていたら、さっさと寝てしまっただろうに。あなたを待っているうちに夜が更けて、西へ傾いていく月を見るまで起きていたんですよ。

超訳

来るって言ったよね?
もう目覚ましのアラーム鳴ったんだけど

この超訳では、恋人を待っているうちに沈みそうになってしまった明け方の月を、無機質な目覚ましの音に置き換えています。元の歌は情緒に溢れており、自然を愛《め》でる趣があったことを改めて実感します。しかし、現代では月を眺めて時間の経過を感じることはあまりありません。代わりに夜明けを告げるのは、眠っている人を無慈悲に叩《たた》き起こす目覚ましのアラーム音ではないでしょうか。そういった時代の違いを感じられるのも、超訳の楽しさです。

平安時代の結婚生活は、夜に男性が女性のもとを訪ねるのが一般的だったため、その日に会うかどうかの決定権は男性が握っていました。女性は、来てほしいと訴えることはできても、待つしかありません。

この和歌からaiko《アイコ》の「キラキラ」を連想します。この歌では、遠く離れてしまった恋人をいつまでも家で待ち続ける健気な女性を表現しています。和歌の中では月を見ながら恋人を待っていましたが、この歌の中では帰ってこない寂しさを音楽を聴くことで埋めています。昔と今の待ち時間の過ごし方の違いも感じられますね。

六十

大江《おほえ》山いく野の道の遠ければまだふみもみず天《あま》の橋立《はしだて》

小式部内侍《こしきぶのないし》

現代語訳

大江山《おおえやま》へ行く、生野《いくの》の道が遠いので、まだ天橋立《あまのはしだて》を踏んでみたことも、母からの手紙を見たこともありませんよ。

超訳

カンニングなんかしてないし。
舐《な》めないで。

この超訳では、「母からの手紙は来ていない」との返答が、「カンニングしていない」に置き換えられています。

小式部内侍は歌人として名高い和泉式部（第五十六番の作者）の娘なのですが、母親が不在のとき歌を披露する会に呼ばれました。そんなときに言われた「母親からの助言がなければさぞ不安だろう」というからかいに対して詠んだのがこの歌だと言われています。背景を知ったうえで目を通すと、また歌の雰囲気が変わりますね。

即興的に詠んだ歌でありながら、「大江山」「生野」「天橋立」と地名を次々に詠み込み、「いくの」に「生野」と「行く」、「ふみ」に「踏み」と「文」（母からの手紙）を掛けているのも見事です。更に、この三つの地域は彼女の母親がいる丹波《たんば》へ向かう道中に位置しているもので、そこまでの道のりの遠さを示しています。彼女の歌人としての才能に気付かされます。今も多くの人が落語や漫才やコントなど、言葉遊びを豊富に組み込んだものを楽しんでいます。こういった洒落《しゃれ》を交えた話芸のはじまりは、この歌のような機知に富んだ歌が詠まれた時代にまで遡《さかのぼ》るのではないかと思います。

この和歌からケイティ・ペリーの「Roar」を思い出します。彼女は歌い出しで、パートナーに押さえつけられていた自分を語ります。しかし、自分はチャンピオンになり、今では虎のような目つきでライオンよりも大きな声で吠《ほ》えるのだと表現しています。この和歌の背景として、小式部内侍は嫌がらせを受けていました。おそらく彼女が若い女性だということが原因だったのでしょう。彼女の返歌は、この曲と同様に、女性の力を示しています。私は、女性の皆さんにぜひこの和歌を読み、歌を聞いてほしいと思います。レイチェル・プラッテンの「Fight Song」も、自分の存在意義を認め、自分の内なる強さを抱きしめ、自信を取り戻すよう促す応援歌です。

六一

いにしへの奈良の都の八重桜今日《けふ》九重《ここのへ》に匂ひぬるかな

伊勢大輔《いせのたいふ》

現代語訳 昔の都、奈良から届けられた八重桜が、今日はこの九重（宮中）で美しく咲いていますよ。

超訳 京都人「奈良の桜は（まぁ京都ほどではないけど）綺麗どすなぁ」

この超訳では、奈良から献上された桜が京都で見事に咲き誇っていると詠んだものを、京都のいけず文化の表現に置き換えています。

いけず文化とは、本音や相手への要望を遠回しに伝える京都独特の表現のこと。表向きは相手を褒めているように聞こえるものの、内心では相手を悪く思っていたりする場合もあります。やわらかい言い回しですが、裏の意味が存在し、皮肉や嫌味のようにも聞こえることから、意地が悪いという意味の「いけず」と呼ばれるそうです。

本心を読みとることが難しく、怖いと思う方が多いようですが、私はいけずなことを言われると実はついつい気持ちが舞い上がります。なぜならいつも翻訳している和歌の表現が婉曲《えんきょく》的であるから、まさに「いけず文化」に重なる部分があるのです。

遠回しな表現をするためには、たくさんの表現を知っておき、上手に使いこなす必要がありますし、言われたほうも裏の意味を考える能力が必要です。ポジティブな見方をすれば、「いけず文化」は優れたコミュニケーション文化といえるでしょう。

この和歌は本来、桜が立派に咲いていた頃の奈良を褒め、桜を献上してくれたことに感謝を伝えています。まさに言祝いでいるわけです。言祝ぐというのは、第二十六番にも説明があったとおり、昔の和歌の大事な役割の一つで、言葉で祝うという意味です。しかし、いけずな解釈をすれば、奈良には「いにしへ」「八重」、京には「今日」「九重」と対になる言葉が二つ使われており、今見事に華やいでいるのは京だと主張しているとみることもできないことはありません。

この和歌から、フレディ・マーキュリーとモンセラート・カバリェの「Barcelona」を思い浮かべました。この歌のタイトルは、京都と同じく長い歴史を持ち、有名な観光地でもあるバルセロナですが、歌詞の内容はバルセロナにはあまり関係がありません。フレディはスペイン出身のオペラ歌手であるモンセラートに憧れており、この歌は彼女への賛歌となっています。

たびたび紹介しているエド・シーランの「Barcelona」という曲も、歴史と文化にあふれるバルセロナの街への賛歌です。ランブラス通りやサグラダ・ファミリアなどの歴史的名所や、スペインの最も有名な飲み物であるサングリアも歌詞に出てきます。エドはこの歌の三番ではスペイン語を交えて歌っています。

六二

夜《よ》をこめてとりの空音《そらね》ははかるともよに逢坂《あふさか》の関はゆるさじ

清少納言《せいしょうなごん》

現代語訳

まだ夜の明けないうちに鶏の鳴き真似《まね》をしてだまそうとしても、あの函谷関《かんこくかん》と違って、逢坂の関は開きませんよ。

超訳

ストップロマンス詐欺！　私は騙《だま》されない

この超訳では、鶏の鳴き真似をして騙そうとする様子がロマンス詐欺に置き換えられています。「ロマンス詐欺」とは、相手に恋愛感情を抱かせ、また恋人や結婚相手になったかのように振る舞い、お金をだまし取るなどする手法です。よくホストクラブで「色恋営業」が行われた結果、客が借金や売春でホスト代を稼いだりしますが、これもロマンス詐欺に近い手法だと思います。超訳の人物は「私は騙されない」と自信を持っていますが、「騙されないと思っている人ほど騙されやすい」とよく言われますね。

元の和歌は、夜更けまで清少納言と話し込んでいたのに急用で帰ってしまい、翌朝「夜明けを告げる鳥の鳴き声にせかされて（帰りました）」と手紙を送ってきた男性とのやりとりの中で生まれたものです。これは中国の故事で鶏が鳴くまで開かないと言われている「函谷関」に重ねたものですが、清少納言は日本の逢坂の関を引き合いに出して「あなたが鶏の鳴き真似をしたって私は函谷関のようには騙されません」と返答しました。彼女の賢さを感じます。

また、この和歌から連想したアメリカの音楽グループ、デスティニー・チャイルドの「Say My Name」という曲では、恋人の浮気を疑っている女性が電話で、「隣に誰もいないというのなら、私の名前を呼んで、愛してるって言ってよ」と問い詰めています。もし本当に浮気相手が隣にいるとしたら、問い詰められている側は逃げ場がないでしょう。清少納言のように、一言で相手を論破するような知恵を感じさせる一曲です。

六三

今はただ思ひ絶《た》えなむとばかりを人づてならでいふよしもがな

左京大夫道雅《さきょうだいぶみちまさ》

現代語訳

今となってはただもう、あなたへのこの思いをきっぱりと断ち切ってしまおうということだけ、せめて直接あなたに言う方法がないものだろうか。

超訳

あなたのこと諦めるから
最後にLINEじゃなくて
直接話したい

この超訳では、相手と直接話せない様子をＬＩＮＥでのやり取りに置き換えています。これまでも超訳に何度か登場していますが、ＬＩＮＥは手紙やメールに代わる、現代の大切な連絡手段の一つです。その便利さの反面、最近では別れ話もＬＩＮＥなどで済ませたり、返信をしないまま自然消滅したりすることもあると聞きました。相手との縁をさっさと切ってしまいたい人は面倒なやり取りが省けますが、好きな気持ちが残っている人にとってはモヤモヤした終わり方になってしまいますね。

この和歌から、第二十四番でも紹介したBUMP《バンプ》 OF《オブ》 CHICKEN《チキン》の「話がしたいよ」という曲を思い浮かべました。二人はもう別れてしまったけれど、彼女がここにいたらいいのに、そうしたら君と話がしたい、彼女はどんな顔をするだろうかという内容の歌詞です。やはり直接逢って話がしたいという気持ちは、昔も今も変わらないですね。

六四

あさぼらけ宇治《うぢ》の川霧《かはぎり》たえだえにあらはれわたる瀬々《せぜ》の網代木《あじろぎ》

権中納言定頼《ごんちゅうなごんさだより》

現代語訳

夜がほのぼのと明ける頃、宇治川に立ちこめる川霧が途切れ途切れになって、その向こうに現れる、あちこちの瀬々の網代木よ。

超訳

オール明け 動きはじめる始発 途切れ 途切れ の会話

この超訳では途切れ途切れになる川霧を、オール明けの会話に置き換えました。元の和歌では、川霧が徐々に薄まりその奥に広がる景色が徐々に姿を現していくさまを描いていますが、超訳では、オール明けで疲れてきて、会話も途切れ途切れになる様子です。オールとは朝方まで起きているという意味です。

さて、この和歌については歌詞ではなく『百人一首』競技かるたについてみてみましょう。上の句が読まれるのを聞いて下の句の札を取るという、お馴染みのかるた取りですが、どの字まで読まれたら取り札が特定できるかが重要になります。この字のことを「決まり字」といいます。

この和歌は第十五番同様、決まり字が六文字目にくる「六字決まり」の札、別名「大山札」と呼ばれる札であるため、その音が読まれるまでじっと待たなければいけません。「大山札」は百枚中六枚あり、待つのに忍耐力が必要とされる札です。

反対に「一字決まり」と言われる札があり、その名の通り、初めの一文字目で取り札が決まります。「むすめふさほせ」のいずれかで始まる七首の歌で、例えば、「む」が読まれた瞬間に取り札が確定します。競技かるたではその音がはっきりと発音される前に予測を立て、札を取る選手もいます。実際の大会を訪れると、一斉に畳をたたく音が鳴り響き、それは競技が盛り上がる瞬間といってもいいでしょう。さらに面白いことに、この「決まり字」は、競技中に変わり続けます。例えば「う」で始まる歌は、「うか」「うら」の二つがありますが、もし「うか」が先に読まれれば、次に読まれる「う」で始まる歌は「うら」で始まるものだけとなり、つまり「一字決まり」になります。

このように、今回の穏やかな和歌とは異なり、競技かるたはとてもエキサイティングな競技なのです。

六五

恨《うら》みわびほさぬ袖《そで》だにあるものを恋に朽《く》ちなむ名こそ惜《を》しけれ

相模《さがみ》

現代語訳

あの人のことを恨み悲しんで、涙で袖が乾く暇もないのに、恋のために私の評判まで朽ち果ててしまうのは残念です。

超訳

あのクズ男との関係がバレて、なんで私が炎上するの？

この超訳では、恨んでしまうほどの元恋人をクズ男という設定にして、噂で落ちた評判を「炎上」という表現に置き換えています。「炎上」とは、主にSNSやブログのコメント欄に中傷的な言葉が次々と書き込まれることをいいます。炎がどんどん燃え上がる様子に似ていることから、「炎上」と言われるようになりました。

罪の文化と言われる欧米に比べ、日本は恥の文化であり、「恥ずかしいからやらない」という抑止力が存在している反面、「ばれなければいいや」という考えにも繋がっており、匿名で書き込めるSNSではその人の裏の顔を見せているように感じます。

とはいえ誹謗《ひぼう》中傷は日本だけの問題ではなく、特に著名人のコメント欄には世界中から声が寄せられてしまいます。SNSがどれだけ社会の距離感を縮めているかを証明していますね。

一方で元の和歌が詠まれた平安時代は、生活範囲が限られており、恋人とのやり取りは手紙を通じて行われることが一般的でした。今のように日本中や世界中で炎上することはありませんが、狭い宮廷社会の中では恋の情事や噂は簡単に広がっていたようです。

この和歌はジェイク・ミラーの「Rumors」(うわさ)を連想させます。有名人である自分が恋愛関係を隠そうとせず、むしろ噂を立たせてしまおうとしている曲です。パパラッチに怯《おび》えることなく、堂々とした様子がうかがえます。これぐらい平然としている人は格好いいですね。

六六

もろともにあはれと思へ山桜《やまざくら》花よりほかに知る人もなし

大僧正行尊《だいそうじょうぎょうそん》

現代語訳

お互いに慰めあおう、山桜よ。この山中では、花のあなた以外に、私のことを知っている人はいないのだ。

超訳

山桜氏、
拙者をひとりにしないで
ほしいでござる

この超訳では、山桜を人に見立てて孤独を分かち合おうとする様子を、オタク言葉に置き換え、表現しています。

「ござる」の語源は室町時代から江戸時代にさかのぼり、「いる」「ある」などの尊敬語「御座《ござ》有《あ》る」から来ていると言われています。現代では、一部のオタク文化の中で使われています。

　また、インターネット上では、自分を「拙者」と称したり、相手を「○○氏」と呼んだりすることがあります。漫画やアニメのセリフでも使われており、オタクが使用することが多いため、オタク構文とも呼ばれています。

　ですが、この言いまわしは十

年以上前に流行していたもので、今も別の言いまわしが生まれては廃れてを繰り返しています。日本のネットスラング文化はあなどれません。

さて、山桜を擬人化している元の歌になぞらえて、実は超訳では、比叡《ひえい》山とその麓を結ぶ叡山電車に対して「行かないでほしい」と頼む様子も考えていました。作者の行尊は、比叡山延暦寺《えんりゃくじ》の座主（トップ）になった人で、この歌も比叡山での修行中の様子を詠んだものなので、そのつながりから思いつきました。撮り鉄たちが、電車が駅に停車しているところや、走り去っていく一瞬を一生懸命撮ろうとしている姿です。想いを馳せる対象や擬人化できるものが、時代によって増えていくのは楽しいです。

この和歌からは、森山直太朗の「さくら（独唱）」を思い浮かべました。和歌では、友になってくれと桜に頼んでいるのに対して、この歌詞では、お互いに旅立ちの時を迎えて、昔のように逢うことが難しくなるけれども、友人の未来が輝くことを願う気持ちで、桜の散る道の上でまた逢おうと歌っています。

六七

春の夜《よ》の夢ばかりなる手枕《たまくら》にかひなくたたむ名こそ惜《を》しけれ

周防内侍《すおうのないし》

現代語訳

短い春の夜の夢のような、はかない遊びの手枕のせいで、つまらない評判が立ってしまったら嫌ですよ。

超訳

シーブリーズの蓋の色見られたらバレちゃうじゃん

この超訳では、一夜限りの逢瀬を制汗剤の「シーブリーズ」の蓋に置き換えています。

さわやかでポップなデザインの制汗剤で、平成世代の青春と言えばこれを思い出す人もたくさんいるようです。

今回は、好きな人とキャップを交換するという当時の流行に着想を得て、「友だちに蓋の色を見られたら相手との関係がバレてしまう」とドキドキする女子生徒をイメージして超訳をつくってみました。中高生のときは特に、恋愛へのひやかしやイジリが多いので、想いや関係はこっそり隠しておきたい人が多いようです。

この和歌からは、一青窈《ひととよう》の「腕枕」を連想しました。和歌では「手枕」と、それによって引き起こされる問題について描かれていますが、この曲は穏やかなカップルの愛が描かれています。『百人一首』に収められているほとんどの恋愛の歌は不幸な恋について詠っているので、このようなカップルの幸せが伝わってくる歌もたまには良いですね。

六八

心にもあらでうき世にながらへば恋しかるべき夜半《よは》の月かな

三条院《さんじょういん》

現代語訳

辛いこの世に生きたくもないのに生きながらえてしまったとしたら、きっと恋しく思い出すだろう、この美しい夜半の月を。

超訳

#beforeafter

#免許更新

#五年前

#今見ると若い

この超訳では、夜の月を五年前の免許証の写真に置き換えています。

免許写真はスマートフォンのアプリのような加工ができないため、写真写りが悪いと嫌がる人も多いようです。そんな写真であっても、数年後に見返せば当時の自分のあどけなさや若さが感じられるかもしれません。

昔を懐かしむ形になっている超訳とは反対に、元の和歌は、今つらい状況にあるけれど、それがいつか懐かしい思い出になるだろうかと、目の前にある美しい月を見ながら考えています。

さて、今回の超訳には「#《ハッシュタグ》」を使ってみました。「ハッシュタグ」の本来の役割は、自身のSNSやブログなどの投稿に、その投稿の内容に関連するワードや話題のトピックを「#トピック名」と記載しておくことで、共通の趣味を持っている人やその話題が気になっている人に投稿を見つけてもらいやすくする、というものです。投稿を探す側は、例えば「#東京カフェ」で検索することによって、東京にあるカフェを紹介した投稿を探すという使い方ができます。これを「ハッシュタグ検索」と呼びます。

この和歌から思い出すのは、第十六番でも紹介したブルーノ・マーズの「Talking to the moon」です。この歌で彼は、夜の月に向かって語りかけています。歌詞の「遠くへ行ってしまった君も、反対側から月に向かって語りかけているだろうか」というフレーズは、自分とは別の場所で相手も同じ月を見ているかもしれないという期待感をよく表しています。これは和歌と歌詞で共通する普遍的なテーマであり、世界の文学作品、特に歌や西洋の詩、漢詩などの中に同じような例をたくさん見つけることができるでしょう。

六九

嵐吹く三室《みむろ》の山のもみぢ葉《ば》はたつたの川の錦《にしき》なりけり

能因法師《のういんほうし》

現代語訳

嵐が吹き散らす三室の山の紅葉の葉は、まるで龍田川に浮かぶ錦のようだ。

超訳

紅葉のレッドカーペットや〜！

この超訳では、散った紅葉が錦のように水面を彩る様子が、紅葉が散った道がレッドカーペットのように染まっている様子に置き換えられています。紅葉は歌にはよく出てくる景色だと思うかもしれませんが、吹き荒れる嵐から、川を艶やかに染める紅葉へと、たった三十一音で思い浮かべる情景を大きく変えるのは、この歌の見事な点でしょう。また超訳の「○○や～！」は、「宝石箱や～！」で有名なグルメリポーター彦摩呂《ひこまろ》のお馴染みの表現です。

私がこの和歌を英訳したときには、「錦」と同じ意味を持つ「brocade」を用いました。しかし現在の英語圏では、この「brocade」は本来の意味に加えて、入口でたむろしている集団の意味でも使われています。主に黒人の間で使われる、brotherを略した「bro」という俗語と、「barricade（障害物・外壁）」の「cade」をつなげて作られた造語です。仲間を守るために、自分たちが周りを囲んで障壁となるという意味です。ほぼ黒人が使う俗語ですが、遊び心に満ちてとても面白いと思います。

この本のテーマの一つが連想で、私たちは常に特定のものからさまざまなものを連想しています。日本では、秋で連想するものといえば、例えばこの和歌のように紅葉です。他の国でも秋と結び付けられるものはたくさんあります。例えば、秋に黄金色に輝く農作物のイメージは、晩夏もしくは初秋を連想させます。スティングの「Field of Gold」は、嫉妬の眼差《まなざ》しを送る空の下で大麦畑に寝転がる二人の恋人を歌った美しいラブソングで、この二人の結びつきを祝福しています。アイルランドの田舎で生まれ育った私は、黄金色に光る作物と聞くと、トチノキや果樹園のリンゴ、そして学校帰りによくつまんでいた、歩道沿いのブラックベリーを思い浮かべます。

七十

寂《さび》しさに宿を立ち出《い》でてながむればいづくも同じ秋の夕暮れ

良暹法師《りょうぜんほうし》

現代語訳

寂しさに堪えかねて庵を出て、周囲を見渡すと、どこも同じだ、寂しい眺めの秋の夕暮れは。

超訳

電車内を見渡せば、
docomo《どこも》
スマホ中毒者

　この超訳では、周りを囲む寂しい秋の夕暮れの景色が、電車に乗る人たちがスマートフォンばかりを見ている様子に置き換えられています。また、元の和歌の「いずくも」を現代語に訳した「どこも」と、携帯会社の「docomo」を掛け合わせ、現代ならではの言葉遊びをしてみました。
　スマートフォンはとても便利な道具で、友人や恋人との連絡だけでなく、映画や読書を楽しむこともできます。しかし、スマートフォンについ集中し過ぎてしまう理由は、楽しいからというよりはスマートフォンに支配されているからだと思います。次から次へと表示されるショート動画や、芸能人のスキャンダルについてのニュースなど、スマートフォン画面は常に気になるもので溢れています。
　大切な人との時間でも、気が付けばス

マートフォンに気をとられて会話がなくなっている人や、写真撮影に夢中になって食事や目の前の景色を楽しむことを忘れている人もいるように思います。

　元の和歌のように、かつては自分の孤独を夕暮れに重ね合わせていましたが、今はスマートフォンの使い過ぎが孤独を招いているのかもしれません。

　この和歌から、私が何年も前に日本に来た時に初めて覚えた歌の一つ、「赤とんぼ」を思い出しました。三木露風《みきろふう》作詞、山田耕筰《やまだこうさく》作曲の童謡「赤とんぼ」は、美しいメロディーで、十五歳で結婚するために旅立ち、完全に連絡が途絶えてしまう少女の寂しさ、物悲しさを描いています。この歌には美しいイメージを持たれているかもしれませんが、当時は十五歳という若さで嫁いでいかなければならなかった女性の立場を考えさせられます。

七一

夕されば門田《かどた》のいなばおとづれて蘆《あし》のまろ屋《や》に秋風ぞ吹く

大納言経信《だいなごんつねのぶ》

現代語訳

夕方になると、門前にある田の稲の葉に音を立てて、蘆葺《ぶき》の田舎家に秋風が吹く。

超訳

帰り道ふと聞こえてくる　石焼き芋の声

この超訳では、秋風を販売車から流れてくる石焼きいもを売る声に置き換えています。元の和歌は私の住む嵯峨からほど近い梅津《うめづ》で詠まれたものといわれており、当時のさわやかな田園風景を感じさせます。

超訳をつくるために、秋の訪れと懐かしさを感じさせるものはなんだろうと考えたとき、「いしや〜きいも〜　おいも」が思い浮かびました。この曲はいつ誰によってつくられたかは明確になっていませんが、老若男女問わず多くの人が慣れ親しんでいるBGMです。

はじめは「ビルの間から聞こえてくる」にしようと思っていましたが、都会のど真ん中だと聞こえにくいのではないかと思い、「帰り道」にしてみました。学校の部活動や仕事の帰り道、空が茜色に染まる頃、ふと流れてくる懐かしいメロディーを思い出すと、なんだか心が落ち着いてきますね。

この和歌は、郷《ごう》ひろみの「よろしく哀愁」を想起させます。私が初めて日本に来た頃、私の友人の一人がカラオケに一緒に行ったときに、よく歌っていました。この曲では、愛する人と離れないといけないときが来てしまった悲しみと、逢えない期間に深まっていく愛を歌っています。でも、曲のタイトルの文字「愁」から秋を連想しただけかもしれません。

七二

音《おと》に聞く高師《たかし》の浜のあだ浪《なみ》はかけじや袖《そで》の濡《ぬ》れもこそすれ

祐子内親王家紀伊《ゆうしないしんのうけのきい》

現代語訳

高師の浜の波のように、浮気で有名なあなたのことは心にかけますまい。波がかかって袖が濡れるように、涙で袖が濡れてしまうかもしれないから。

超訳

後輩の〇〇ちゃんにも
手を出してること知ってるんだから

この超訳では、男性からのアプローチに対して、同じコミュニティの他の女性にもアプローチをかけていることを指摘して、誘いを断っている様子を表しています。大学のサークルや同好会など、同じグループやコミュニティの中で複数の異性にアプローチをかけることによって、そのコミュニティ内の人間関係を壊してしまう人のことを「サークルクラッシャー」といいます。この超訳の男性のように、いろいろな女の子に同時にアプローチしていることがみんなに知られてしまったら、信用を失いますね。

元の歌は、第四十番・四十一番と同じように歌合で対決をした際に詠まれたものです。対決相手である藤原俊忠《としただ》の「人知れぬ思いありその浦風に波のよるこそ言はまほしけれ（人知れぬ恋の思いを、荒磯の浦風で波が寄るような、そんな夜にあなたに伝えたいのです）」への返答として詠まれました。紀伊の歌の「浜」「波」「濡る」は、俊忠が使った縁語、「浦」「波」「寄る」に呼応するもので、「あだ波かけじ」は、「波がかかる」と「心にかける」の二つの意味を兼ねた掛詞です。とても技巧に富んだ歌であることが分かります。古典ならではの言葉遊びを皆さんも楽しんでみてくださいね。

この和歌で思いだすのは、ヒロシ&キーボーの「三年目の浮気」です。この歌詞と和歌を通じて、どの時代でも浮気が許されなかったことを知るとともに、個人的にもう一つ驚いたことがあります。それは、三年目の浮気ぐらいは容認してほしいという開き直った態度です。このような浮気の言い訳は、英語圏では絶対に許されない発言だと思います。ですが、不倫や浮気も音楽として楽しめる、昭和の歌謡曲らしさを感じさせます。

七三

高砂《たかさご》の尾《を》の上《へ》の桜咲きにけり外山《とやま》の霞《かすみ》たたずもあらなむ

権中納言匡房《ごんちゅうなごんまさふさ》

現代語訳　あの高い山の峰の桜が咲いた。手前の山の霞よ、立たないでくれ。あの花が見えなくなってしまう。

超訳

自担見えないからしゃがんでくれ

この超訳では、桜を隠す山の霧が、ライブ会場で自分の前の列に立つ背の高い人に置き換えられています。

「自担」とは「自分の担当」を省略した言葉で、第五十番で解説した「推し」とほぼ同じく、グループの中で一番応援しているメンバーのことを指しています。意味が広がりつつある「推し」と違い、こちらは通常、アイドルグループに対してのみ使われています。限られたカルチャーの中だからこそ生まれる言葉もあるのかと学びました。

駆け出しのアイドルや握手会がさかんなグループでは、直接会える機会はたくさんありますが、人気グループとなると大規模なコンサートが行われるときに、年に一回会えるかどうかというところ。一瞬しか見ることはできないものの、その一瞬に魅了されるという点は、どこか桜の儚《はかな》さに通じる部分があるように思えます。人気の高さゆえにチケットの競争率は高く、コンサートに行けるというだけでも、きっと気分が舞い上がりますよね。それなのに、いざ会場に入れば前の席の人が視界を遮ってアイドルを拝めないときの落胆ぶりは、きっと相当なものでしょう。

調べてみると、「ハイヒールを履いてこないでほしい」などの呼びかけや、「背が高いから気を遣う」「男の俺がコンサートに行ったら邪魔にならないか」などの不安の声が、ＳＮＳや質問サイトなどによく書かれていました。

桜は日本を代表する花ですが、西洋でもとても愛されています。アメリカのシンガーソングライター、ケイシー・マスグレイヴスは「cherry blossom」で、散っていく桜の花びらに、恋人に忘れられていく自分を重ねて歌っています。心境を自然の情景に合わせる和歌のような表現に加え、和歌にイメージされるような桜のもつ儚さを感じられます。

七四

うかりける人を初瀬《はつせ》の山おろしよ激しかれとは祈らぬものを

源《みなもとの》俊頼《としより》朝臣《あそん》

現代語訳

「つれないあの人に振り向いてほしい」とは祈ったけれど、初瀬の山風よ、「あの人の冷たさがもっと激しくなるように」なんて祈った覚えはないんだが……。

超訳

お賽銭《さいせん》奮発したのに
逆に状況悪化することある?

この超訳では、初瀬の観音さまへの祈りを、多めに入れたお賽銭に置き換えています。お賽銭とは神様への感謝の気持ちを表すためのもので、かつてはお金ではなく、農作物や貴重品であった布などをお納めしていたのだとか。つまり、大切なのは気持ちであり、金額は関係ないということです。とはいえ、せっかく多めに入れたなら、願いが叶《かな》うのではないかと期待してしまいますよね。

うまくいくようにと願っていても、むしろ切ない方向へと流れてしまったという経験のある人は多いのではないでしょうか。つれない恋人を歌った英語の歌はたくさんあります。ボニー・レイットの「I Can't Make You Love Me」で歌われているのは、相手の気持ちを思い通りにできない現実を受け入れた、諦めにも近い感情です。相手にその気がないのなら、無理に愛してもらうことはできない、けれど彼への深い愛を悲しく歌っています。和歌からはマライア・キャリーの「You're so cold」も連想しました。この歌は残酷で冷たいパートナーを歌っています。第五十六番でも紹介したback numberの「僕は君の事が好きだけど君は僕を別に好きじゃないみたい」という歌は、片思いの苦しさを歌っている点が和歌と重なります。

七五

契《ちぎ》りおきしさせもが露《つゆ》を命にてあはれ今年の秋もいぬめり

藤原基俊《ふじわらのもととし》

現代語訳

「私に任せなさい」と言われたはかない露のような約束を、命のように大事にしていたのに、約束が果たされないまま今年の秋も過ぎて行くようです。

超訳

異動の希望出したのに、「善処する」って言われたきり音沙汰がないこの超訳では、聞き入れられなかった願いが、なかなか通らない異動希望に置き換えられていいます。元の和歌の作者である藤原基俊は、前太政大臣である藤原忠通《ただみち》に、息子を大きな仕事に就かせるようにお願いしていました。いわゆるコネですね。しかしその願いは叶わず、藤原忠通に対して恨みを込めて詠んだのがこの歌です。

現代もコネはまだ残っているものの、立場や出生に関係なく比較的自由に仕事を選べるようになってきました。また、昨今は人手不足のため、企業側は新入社員が求めていそうな条件を出すなどして人材獲得に努めています。とはいえ、蓋を開けたら意外と融通が利かなかったということもあるようで、異動希望の叶わなさもそのうちの一つです。希望が叶わないのには、希望先の部署と適性が合わないことや、今の部署で人手が不足してしまうなど、それなりの理由があるのですが、やはり口約束だけで終わってしまったと感じる側の落胆は大きいですよね。異動が叶わないことが転職のきっかけになることも多いようです。

この和歌から連想したのは、平凡な会社員の生活をうまく描いた、ユニコーンの「大迷惑」という歌です。マイホームを買ったばかりの彼は、妻とベランダで日向《ひなた》ぼっこを楽しみながら、平凡だけれども幸せな毎日を過ごしていました。ところがある日突然、上司から三年二か月の単身赴任を命じられたのです。最近では、入社一年目で会社を辞める若者も多いと聞きますが、少し前までは、一生涯同じ会社で働くことが求められ、会社のどんな条件にも耐えなければならないという風潮がありました。

七六

わたの原漕《こ》ぎ出《い》でてみれば久方《ひさかた》の雲井《くもい》にまがふ沖《おき》つ白浪《しらなみ》

法性寺入道前関白太政大臣《ほっしょうじにゅうどうさきのかんぱくだいじょうだいじん》

現代語訳

大海原に舟を漕ぎだして眺めてみると、雲と見分けがつかないほどに、沖の白波が立っているよ。

超訳

冬の飲み会だと、どれが誰の黒ダウンか分からないよね

鳥唐揚
串かつ
魚フライ
カキフライ
さつま揚
ちくわカレー揚 400
げそ唐揚 400
揚げギョウザ 450
するめイカ一夜干し 450
片口いわし唐揚

この超訳では、白い雲と波の見立てを、見分けがつかない黒いダウンジャケットに置き換えています。『百人一首』に掲載されているいくつかの歌にも見られるように、かつては白と白を見立てるのが流行でした。

しかし、今は見渡すと黒い洋服に身を包む人がたくさんいるように感じます。冬用のジャケット、就職活動のスーツ、そしてジャージやスウェットも黒色を多く見かけます。無難で着用しやすいからでしょうか。個性より流行を重視し、周りと同じような行動を好む人や、同じような価格帯のお店で服を揃《そろ》える大学生などは、他の人と行動や服装がかぶってしまいやすくなります。

第二十九番や第三十一番同様、この歌には見立ての技法が使われていますが、実は英語にはこの概念はありません。元々漢詩に見られる表現方法ですが、日本は独自の美意識に昇華させました。

この和歌からは、クロード・ドビュッシーの「La《ラ》 Mer《メール》（海）」を連想しました。一九〇五年に出版された楽譜の表紙には、葛飾北斎の『富嶽三十六景』の一つ「神奈川沖浪裏《かながわおきなみうら》」が使われています。ドビュッシーは自分の部屋にもこの絵を飾っていたほどです。その絵は、波を完全に正面から捉えており、遠くまで広がる雰囲気はありません。「La Mer」の三つの楽章も、どれも海の広大さには焦点を当てていないように感じます。北斎もドビュッシーも共通して、海の広大さよりも、私たちが海に抱く心の中のイメージへ目を向けるところに近代的なものを感じます。ちなみに「神奈川沖浪裏」は、新しい千円札の図柄にも使われています。

七七

瀬を早み岩にせかるる滝川《たきがわ》のわれても末《すゑ》に逢《あ》はむとぞ思ふ

崇徳院《すとくいん》

現代語訳

川瀬の流れが速いので、岩にせき止められてふたつに分かれる急流が、いつかはまたひとつに合流するように、今は別れてしまっても、最後にはきっと会えるはずだよ。

超訳

「二年後に!!!
シャボンディ諸島で!!!」

この超訳では、いつか果たされるであろう再会が、第十一番でも紹介した尾田栄一郎の漫画『ONE PIECE』のセリフに置き換えられています。物語の主人公ルフィは、自らの海賊団「麦わらの一味」の今の実力では新世界を渡っていけないと判断し、それぞれ別の場所で鍛錬を積み重ね、二年後に再会しようとクルーたちにメッセージを送りました。超訳ではそのシーンを表しています。

元の歌は恋の歌ですが、恋人でも仲間でも、大切な人とまた会いたいという気持ちは変わらないでしょう。

別れを避けることはできませんが、再会する必要があるときはまた巡り合うものだと思います。大切な人とまた顔を合わせたとき、誇れる自分であれるよう、一日一日踏みしめながら生きていきたいですね。

この和歌から、いろんな歌を連想しました。一つは、コーディ・チェズナットの「Parting Ways」です。ピクサーの映画『ソウルフル・ワールド』の曲で、今私たちは別の道を行くけれど、また一緒になれる、人生において愛がいかに大切か、愛は人生の基盤であり、愛によって人はまた一緒になれると歌っています。

次は米津玄師《よねづけんし》の「さよーならまたいつか！」という曲で、NHK朝の連続テレビ小説『虎に翼』の主題歌です。このドラマは、昭和初期、まだ女性の権利が弱かった時代に、初の女性弁護士、判事になった主人公を描いたものです。歌では、今は不遇の時代を過ごしているが、百年先にはもっと力を得て（鳥のように翼を得て）、遠くへ飛べるようになりたいという希望を描いています。ドラマのタイトルにもなっている「虎に翼」は、中国の思想家、韓非子《かんぴし》のことばで、「鬼に金棒」のような意味だそうです。女性はもともと強い存在ですが、ちゃんとした権利を与えられたらもっと強くなるということを表しているのでしょう。

さらにもう一曲、芥見下々《あくたみげげ》原作のアニメ『呪術廻戦』「懐玉《かいぎょく》・玉折編《ぎょくせつ》」のオープニングテーマである、キタニタツヤの「青のすみか」です。これは、元の和歌の作者である崇徳院から連想しました。この和歌は一般的には恋を詠んだものとして理解されていますが、作者の崇徳院は政治的に不遇な一生を過ごし、讃岐《さぬき》（現在の香川県）に流され、そこで四十六歳で亡くなりました。そのため、この和歌を崇徳院の不遇な生涯に結びつけ、また京に戻りたいという強い思いが込められているという解釈をする人もいます。「青のすみか」では、青春時代をいっしょに過ごしたが、今は離れてしまった親友を想う心が、「祈り」「呪う」という「呪術」らしい言葉を用いて表現されているのが上手いと思います。また、この歌はどれだけ過去を嘆いても、時は決して戻らないと歌っているところから、第百番への連想もできますね。

一つの和歌から広がる連想は果てしなく、楽しいですね。

七八

淡路島《あはぢしま》通ふ千鳥《ちどり》の鳴く声にいく夜《よ》寝覚《ねざ》めぬ須磨《すま》の関守《せきもり》

源兼昌《みなもとのかねまさ》

現代語訳　淡路島から通ってくる千鳥の悲しそうな鳴き声のために、いく夜、目を覚ましたのだろうか、須磨の関守は。

超訳

隣いつまで宅飲みやってんだよ　寝かせてくれ

この超訳では、千鳥の鳴き声に目を覚まされる様子が、隣の部屋の宅飲み（自宅で酒を飲むこと）に起こされる現代の一人暮らしに置き換えられています。この超訳では、どんな時代に生まれるかが考え方や表現に強く影響することを表していて、私のお気に入りです。

須磨という土地は、紫式部『源氏物語』の光源氏が人生で唯一女性と逢うことなく過ごした場所だったこともあり、かつては侘しく寂しいイメージが定着していました。その須磨で眠る関守は関所の番人のことで、彼のもとに聞こえてくる千鳥の鳴き声は家族や友人に想いを馳せている鳴き声とされており、こちらも孤独の象徴でした。

一方で「宅飲み」は文字どおり家で飲むことで、コンビニなどで買ったおつまみやお酒を持ち寄って手軽に楽しむことができます。都心に出てきたばかりの人や仕事がうまくいかず落ち込んでいる人のところに、隣人が楽しく飲んでいる声が聞こえてくると、より一層自分の孤独を強く感じるでしょう。

この和歌の、悲しそうな千鳥の鳴き声と須磨の田舎の寂れた景色から、石川さゆりの「津軽海峡・冬景色」を思い出しました。この歌は第二十八番でも選びましたが、この和歌のイメージにもぴったりです。第二十八番では、冬の寒々しい景色から連想しましたが、今回は鳴く鳥の声からこの曲を連想しました。和歌では千鳥、曲では鷗の鳴き声が、悲しさ、寂しさを表現するために使われています。この本では、基本的に一つの和歌から一つの曲を連想して紹介していますが、多くの場合一つの曲は複数の和歌から連想することもできるので、あえてここではその一例を紹介することにしました。

七九

秋風にたなびく雲の絶《た》え間よりもれいづる月のかげのさやけさ

左京大夫《さきょうのだいぶ》顕輔《あきすけ》

現代語訳

秋風に吹かれてたなびく雲の切れ間から漏れ出る月の光の、清く澄んだ明るさよ。

超訳

月が綺麗ですね

この超訳では、月を愛でる歌を現代の愛の告白に置き換えています。第五十四番でも話題にした「月が綺麗ですね」は、「I love you」を日本語で表現したものという俗説が広まっています。このように訳されたのは、実際に好きな人と月を眺めているときにこの言葉を言ったからという可能性は否定できませんが、直接的な言葉で表現できないシャイな様子がよく現れていて微笑《ほほえ》ましいですね。

この歌から瀧廉太郎《たきれんたろう》作曲・土井晩翠《どいばんすい》作詞の「荒城の月」を連想します。一九〇一年に作曲された曲です。武士の時代から明治の時代へと時代が移って、かつての栄光はなくなり、ひっそりと月光に照らされた城を

歌っています。周りのものは変わっても、月の光は昔と変わらず、輝いています。どんなに栄華を誇っていてもそれは長く続かないのが世の常だということを歌っている、日本ではよく知られた歌ですね。

この歌以上に美しく、詩的な歌詞を私は思い浮かべることができません。この歌の世界観は『平家物語』の諸《しょ》行《ぎょう》無《む》常《じょう》や、松尾芭蕉の「夏草《なつくさ》や兵《つわもの》どもが夢の跡」のように、もののあはれを表現しているように感じます。

もう一つ、瀧廉太郎作詞・作曲の「秋の月」という歌もあります。和歌の季節ともぴったりですし、月の光のさやけさとも重なります。

八十

長からむ心も知らず黒髪《くろかみ》の乱れて今朝《けさ》は物をこそ思へ

待賢門院堀河《たいけんもんいんほりかわ》

現代語訳

あなたがずっと私を愛してくれるかどうかも分からず、私の黒髪も心も乱れて、あなたと別れた後、今朝はもの思いに沈んでいます。

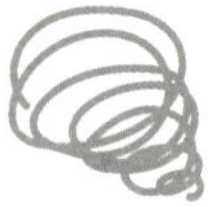

超訳

昨夜のことで頭がいっぱいだから
授業集中できない！

この超訳では、好きな人との別れの後でもの思いに沈む様子を、思い悩み続け授業に集中できない様子に置き換えています。

恋をすると好きな人のことが頭から離れず、相手の言動一つで一喜一憂してしまう。そんな苦しい経験をしたことはありませんか？　その恋心は平安時代の貴族たちも同じだったようです。

この和歌は、逢瀬の後に男性が女性に贈る後朝の歌の返答として詠まれたもので、相手がいつまで自分を想ってくれるのだろうかという不安が表れています。夜の逢瀬を彷彿とさせるとともに、平静でいられない心模様も表しています。

元の和歌の黒髪が乱れる様子からは、与謝野晶子《よさのあきこ》の有名な歌集『みだれ髪』を思い浮かべますね。与謝野晶子は『みだれ髪』において、平安時代のような心乱れる女性を、官能的で自由な近代的な女性のイメージへと変貌させていると思います。

歌で連想したのは、第三十二番でも紹介した美空ひばりの「みだれ髪」です。一九八七年に発売されたこの歌は、自分を捨てた男性の幸せを祈る女性の辛さ、そして憎しみと恋しさの思いの糸が絡み合うさまを歌っています。この歌を制作しているとき、美空ひばりは病気療養中でした。作詞家が「祈る」という言葉を削除しようとしたとき、彼女は、今の自分には「祈る」という言葉が大切だと言って、あえて歌詞の中に残したそうです。私にとっても「祈る」という言葉は、人生においてとても大切な言葉です。

八一

ほととぎす鳴きつる方《かた》を眺《なが》むればただ有明《ありあけ》の月ぞ残れる

後徳大寺左大臣《ごとくだいじのさだいじん》

現代語訳

ほととぎすが鳴いた方角を眺めると、ただ有明の月だけが残っている。

超訳

花火かな？　見上げると夏の大三角

この超訳では、ほととぎすの鳴き声が花火の音に、有明の月が夏の大三角に置き換えられています。夏の大三角は、ベガ、アルタイル、デネブの三つの星を結んでできる三角形のことで、日本では小学校の野外合宿や夏休みの宿題で探したことがある人も多いと聞きました。花火かと思い夜空を見上げたら、子どもの頃に眺めた星たちが目に入ったというのは、どこか懐かしい雰囲気が漂いますね。

　元の歌に詠まれているほととぎすは、かつての夏の定番でした。嬉しいことに私が住む小倉山の家にはほととぎすがやってくるので、かつての歌人たちと同じように、私も夏が来るとその初音を待ち焦がれています。しかし、今はほととぎすの鳴き声が聞こえる地域は減っており、夏といえば花火、海、甲子園、それからスイカなどを思い浮かべるようです。季節の定番は時代によって移り変わっていくもので、私たちがほととぎすと聞いてもピンとこないように、千年後の人々がこの超訳を読んだら、少し驚くかもしれません。

　一方で、英語圏では春や夏を象徴する鳥はカッコウです。カッコウを表す「cuckoo」から派生した「cuckold」という言葉が、寝取られ男の意味で使われています。詳しくは『謎とき百人一首――和歌から見える日本文化のふしぎ』（新潮社）を御覧ください。

　ほととぎすもカッコウも、昔から東西の詩や歌に詠まれてきました。一方で鳴き声や象徴する季節、連想されるイメージには違いがあるので、歌を通して文化を比較してみるのも面白いです。

　超訳の夏のイメージから、JITTERIN'JINN《ジャックリンジン》の「夏祭り」という曲を連想しました。Whiteberry《ホワイトベリー》のカバーがよく知られているかもしれませんね。皆さんが夏と聞いてイメージするものや曲は何ですか？

八二

思ひわびさても命はあるものを憂《う》きにたへぬは涙なりけり

道因法師《どういんほうし》

現代語訳

恋人のつれなさに思い悩んでもまだ命はあるのに、その辛さに堪えきれず絶え間なく流れてくるのは涙だけだ。

超訳

あれ？ おかしいな 涙が勝手に……

この超訳では、命はまだ持ちこたえているなか、失恋の苦しみで涙が止まらない様子を、昔の恋人への想いを断ち切れない様子に置き換えています。

「涙が勝手に」というのは、日本のアニメやドラマでよく聞くセリフですね。悲しいことがあったときに、自分では平気だと思っていても、もしくは平気なふりをしていても、涙が自然にぽたぽたと落ちてくる様子を表しています。頭ではどうにもならないと分かっていても、体は正直に反応してしまうのは、昔も今も変わらないようです。

この和歌と超訳から、坂本九《さかもときゅう》の「上を向いて歩こう」を思い浮かべました。この歌は世界的にもヒットしました。涙がこぼれないように上を向いて歩いていたら、星が涙でにじんで見えたという歌詞で、一人ぼっちの夜の悲しさを歌っています。坂本九さんは、一九八五年の御巣鷹《おすたか》山の飛行機事故で、四十三歳という若さで亡くなりましたが、この歌に世界中の人が勇気づけられています。また、どんなに悲しいときでも上を向こうという歌詞からは、強い精神性を感じます。

涙を歌った歌には他にも、第四十二番でも紹介したサザンオールスターズの「涙のキッス」や、やしきたかじんの「ICHIZU」など数多くあります。

八三

世の中よ道こそ無けれ思ひ入《い》る山の奥にも鹿ぞ鳴くなる

皇太后宮大夫俊成《こうたいごうぐうのだいぶとしなり》

現代語訳

世の中というものは、つらいことから逃れる道がないものなのだなあ。深く思いに沈んで入ってきた山の奥でも、鹿が悲しげに鳴いているのが聞こえる。

超訳

ソフトクリーム分け合う恋人たち
鹿とせんべい分け合う俺

この超訳では、八方塞がりで気持ちが沈むなか、鹿の鳴き声だけが聞こえてくる様子を、カップルが四方八方にいる中で一人寂しく過ごす男性の様子に置き換えています。

和歌の世界における鹿の鳴き声は、心に沁《し》みていく寂しさをより一層引き立てるものであることが、この和歌から感じられます。では現在の鹿はどんな印象を持たれているのだろうと考えてみると、思い浮かぶのは二つ。まず一つは、超訳に描かれている奈良の鹿で、観光客を惹き付ける愛らしい存在です。そして二つめは害獣のイメージです。鹿は山から下りてきて畑の食べ物を荒らすため、人間は狩猟による駆除で畑を守ろうとしますが、もともとは森林伐採や温暖化の影響で、元の生息地に餌が不足してしまっていることが原因です。そう考えると、私たち人間は自然を敬うことや動物の尊厳を守ることよりも、今の生活を優先しすぎているように感じてしまいます。

鹿といえば、英語圏では「ドレミの歌」が有名です。日本ではドーナツから始まる歌い出しでおなじみですが、英語圏のドは「doe」、つまり牝鹿《めじか》です。日本だけではなく世界各国で、その国の言葉を各音階に当てはめて歌われています。歌詞そのものは違っても、この曲の楽しさや魅力そのものは変わりません。この曲の翻訳も、一種の超訳ではないでしょうか。

元の英語の歌と、日本語の歌を比べてみましょう。ドは英語ではdoe（牝鹿）、日本語はドーナツ。レは英語ではray（太陽の光）、日本語はレモン。ミは英語ではme（私）、日本語はみんな。ファは英語ではfar（遠く）、日本語はファイト。ソは英語ではsew（縫う）、日本語は空。ラは英語では「ソの次の音」、日本語でラッパ。シは英語ではtea（紅茶）、日本語は幸せ。元の歌詞とその翻訳を比較することで、異なる言語や文化にどのように歌が適応していくのかがよく分かります。

八四

ながらへばまたこの頃《ごろ》やしのばれむ憂《う》しと見し世ぞいまは恋しき

藤原清輔朝臣《ふじわらのきよすけあそん》

現代語訳

生きていれば、今の苦しさもいつか懐かしく思える時が来るのだろうか。つらかった昔が今は良い思い出になっているように。

超訳

母「**今は勉強きついかもしれないけど、大学受かったら全部チャラよ！**」

この超訳では、辛い時期もいつかは良い思い出になるという様子が、受験勉強に励む息子を応援する母の言葉に置き換えられています。

日本では、受験のために塾に通ったり夜遅くまで勉強したりするほど大学に入るのが大変である一方、卒業するのは簡単だと言われています。入学後は勉学よりも、アルバイトやサークル活動、そして就職活動に時間を費やす人も多いと聞きました。

しかし欧米では、入学後に論文やプレゼンなどの課題が多く課されるため、入学よりも卒業の方が大変だと言われています。日本の学生生活の様子を知ることができる超訳ですね。

さて、辛い時期もいつかは笑い話や良い思い出になるよ、というのはよく聞く言葉ですが、昔の人たちも同じ発想を持っていたとは、なんとも驚きです。

この和歌からは、第十五番でも紹介したamazarashiの「スターライト」という曲を連想しました。青森県で結成されたこのバンドは、寺山修司《てらやましゅうじ》や宮沢賢治《みやざわけんじ》などの文学作品からインスパイアされた楽曲を制作しています。この歌にも、宮沢賢治の『銀河鉄道の夜』を思わせる歌詞が見られます。この歌は、上手くいくことばかりではないけれど、いつかは上手くいくことを信じて、希望の光を見つけて前に進もう、いつかは自分も光ることができるよという応援歌のように思えます。また、ゴミや屑《くず》のような小さな星、夜の向こうに何かがあるというような世界観はとても斬新で詩的な表現であり、これから注目していきたいアーティストの一人ですね。

八五

夜《よ》もすがら物おもふころは明けやらぬ閨《ねや》のひまさへつれなかりけり

俊恵法師《しゅんえほうし》

現代語訳

一晩中、つれない恋人のことを想っていると、なかなか夜が明けない寝室の戸の隙間までも、つれないものに感じられる。

超訳

私

「ねぇアレクサ、慰めて」

アレクサ

「すみません、
質問の意味が分かりません」

この超訳では、なかなか明け方の光が差し込まず、恋人のようにそっけないと感じる寝室の戸の隙間が、感情を持たないAmazon《アマゾン》社のＡＩ「Alexa《アレクサ》」との会話に置き換えられています。

古の歌人たちは主に部屋の中で過ごすことが多かったと思われます。ですが、彼らは外の世界の自然を見つめ、そのイメージを歌に詠みました。だからこそ、この和歌の、愛している自然そのものから遠ざかり、まだ少しの光さえも差し込まない部屋で一人過ごすということからは、痛いほどの辛さが伝わってきます。

恋人を思い続けて長い夜を過ごし、なかなか光さえ差さない戸の隙間を見つめ続ける様子は、なんとも孤独です。

超訳では、同じく人間ではないもので、そっけなさを感じるものは何かと考え、ＡＩのアレクサを思いつきました。スマートスピーカーに「アレクサ、電気つけて」と呼びかければ電気をつけてくれるなど、大変便利な技術ではありますが、機械なので感情はありません。人間であっても、むしろ人間だからこそ、そっけない対応をしてしまうことはありますよね。お互いに感情があることを忘れず、相手の気持ちに寄り添いながら生きていきたいものです。

一人でいる夜の部屋の寂しさというところから、柴田淳《しばたじゅん》の「変身」と、フジファブリック「眠れぬ夜」を連想しました。「変身」では冷蔵庫の音、「眠れぬ夜」では部屋の壁の色が、寂しさを際立たせるものとして描かれています。

和歌の世界では、自然の風物や鳥などに心を託して歌を詠むことが多いですが、この和歌では「寝室の戸の隙間」という物に心を託しているところが面白く、現代的でもあると思います。

八六

嘆《なげ》けとて月やは物を思はするかこちがほなるわが涙かな

西行法師《さいぎょうほうし》

現代語訳

嘆き悲しめと言って、月が私に物思いをさせるのだろうか。そんなわけがないのに、まるで月に文句を言いたげな私の涙だ。

超訳

ぜんぶ月のせいだ。

この超訳は、月に泣かされているように悲しむ様子を、二〇一三年から二〇一四年のJR東日本のスキー旅行のプロモーション、「ぜんぶ雪のせいだ。」というキャッチコピーのオマージュに置き換えています。このCMでは、ゲレンデマジックになぞらえ、若い女性がスキー場で、つい男友達に惹かれていく様子が描かれています。

この和歌を詠んだ西行法師は、月や花をこよなく愛した歌人で、自然に想いを馳せた歌を多く残しています。例えば、『山家集』に収録されたこの歌。

「花ちらで月はくもらぬ世なりせばものを思はぬ我が身ならまし（花が散らず、月が曇ることもない世の中であったならば、私は物思いをすることもなかっただろうに）」。

自然が持つ力は想像以上に強く、西行だけではなく、月や花、夕焼けや鳥の鳴き声などは歌人たちの心をゆさぶってきました。その感性は、今の私たちにも通じているように思えます。

この歌から思い浮かべるのは、友部正人《ともべまさと》の「一本道」です。超訳の「ぜんぶ月のせいだ。」にならうと、友部の曲は「ぜんぶ夕焼けのせいだ。」でしょうか。

さらに、曲の後半には誰かが二人でお酒を交わすのが見えるというシーンがあります。その直後に、月が話しかけてくるという歌詞があるのですが、その美しい描写を聴いたときには大きな衝撃が走りました。和歌でもこの歌でも月を擬人化しています。フォーク・シンガーの中でも詩人として評価されている友部の真骨頂だと思います。

八七

村雨《むらさめ》の露《つゆ》もまだひぬ真木《まき》の葉に霧《きり》たちのぼる秋の夕暮れ

寂蓮法師《じゃくれんほうし》

現代語訳

にわか雨の露もまだ乾かない真木の葉の辺りに、霧が立ち上る秋の夕暮れよ。

超訳

小窓から流れ出る煙
漂う秋刀魚《さんま》の香り

この超訳では、秋の夕暮れに木々の葉に立ち込める霧を、秋刀魚を焼く煙と香りに置き換えています。夕方になって、秋の味覚である秋刀魚を焼き始め、その匂いが家の外まで漂っている様子です。

私が日本に来たときに印象的だったのは、秋刀魚の匂いが強く立ち込めていたことです。母国では馴染みのない匂いだったので、初めはきつく感じましたが、今では「匂い」というよりも、当時を思い出す懐かしい「香り」のように思えます。慣れてくると匂いの感じ方も変わってくるものです。

しかし、今ではあまりその匂いを感じることがありません。というのも秋刀魚は捕獲量が減ってしまい、価格が大幅に高くなってしまっているから。家庭の食卓ではあまり見られなくなってしまいました。その背景にあるのは、温暖化によって潮の流れが変わり、日本の沿岸まで秋刀魚が来なくなってしまったことや、餌のプランクトンが少なくなり、大きく育ちにくいことがあります。

みなさんにも、時間が経つにつれて、感じ方が変わっていったものがあるのではないでしょうか。

私たちは今、この本の終わりに近づいています。今回は読者の皆さんに、どの歌がこの和歌や超訳と結びつくだろうかと考えてもらいたいと思います。X（旧Twitter）で皆さんのアイデアをお待ちしています。

八八

難波江《なにはえ》の葦《あし》のかりねの一《ひと》よゆゑ身をつくしてや恋ひわたるべき

皇嘉門院別当《こうかもんいんのべっとう》

現代語訳

難波江に生える葦の刈り根の一節のように、「仮寝の一夜」をあなたと過ごしたために、私は一生あなたを思い続けなければならないのでしょうか。

超訳

クラブで出会ってワンナイトした君のことが忘れられない

この超訳では、一夜限りの恋を、クラブで出会った相手とのワンナイトラブに置き換えています。今はクラブや居酒屋、マッチングアプリなど、出会いの場がたくさんあるので、ワンナイトラブを経験したことがあるのも納得がいきますが、それは平安時代でも同じだったようです。

元の歌で一夜限りの恋を例えているのは「葦のかりねの一よ」。葦の一節のように「短い一夜」と「仮寝（旅先の宿）での一夜」を掛けています。このように時間と結び付けられる植物は欧米には恐らくないので、私にとってはとても興味深い比喩表現です。現代の日本語にもこういう表現はあまりありませんね。

『百人一首』では、さまざまな愛が描かれています。今の時代には、出会い系アプリで一夜限りの関係を見つけることもあります。そして、外国人の若い友達からは「Friends with benefits」という言葉もときどき耳にします。これは、友人関係にとどまりつつ、その友人関係のままで一夜を共にすることもできる関係を意味します。日本語では「セフレ」と訳されていますが少しニュアンスが違います。

一夜を共にすることを歌った英語の歌は「One Night Stands」と呼ばれ、ポップ、ロック、R&Bでよく見られるテーマです。これらの歌は、一時的で縛られない関係、若さあふれる楽しさ、束の間の興奮や激しさを称えるものですが、一方で、そのような一夜限りの関係がもたらす苦痛を描くものもあります。私の好きな歌の一つに、第六十番でも紹介したケイティ・ペリーの陽気な歌「Last Friday Night（T.G.I.F.）」があります。この歌は、ハチャメチャに楽しい一夜、そして若さゆえの過ちを描いています。

八九

玉の緒《を》よ絶《た》えなば絶えねながらへばしのぶる事の弱りもぞする

式子内親王《しょくしないしんのう》

現代語訳

わたくしの命よ、絶えるならば絶えてしまえ。これ以上生きていると我慢する気持ちが弱くなって、恋心が人に知られてしまうかもしれないから。

超訳

女子高生 「先生のこと好きってバレたらあたしきっと生きていけない」

この超訳では、バレるくらいなら死んでしまいたくなるほど強く抑え続けた恋心を、知られたくない先生への恋心に置き換えています。

今年、先生と生徒の恋愛を描いたドラマ『先生、さようなら』が放送されていたのも記憶に新しいのではないでしょうか。生徒が先生を好きになってしまうことは、少女漫画などにおける王道シチュエーションの一つです。禁断の恋愛は、不倫、浮気、社会的立場などいろいろとありますが、生徒と先生の恋愛は基本的にはご法度。ですが、卒業してから交際を始め、結婚に至ったカップルもいるので、もしかしたら読者の中にも、この超訳に共感する人はいるかもしれません。

元の歌のように秘め続けた想いを詠む「忍恋《しのぶこい》」のテーマは、基本的には男性が詠むものであり、女性の歌は男性をたしなめるか、求愛をあしらうものが一般的でした。この歌は、式子内親王が抱いていた実際の恋心をもとに詠まれた説も有力ですが、男性のふりをして詠んだという推測もあります。男性が女性のふりをして詠んだ第十八番の逆バージョンですね。

十一世紀以降、女性歌人が男性の立場で詠む恋歌が増え、その後の勅撰集では、異なる性別の立場で詠んだ歌が選ばれるようになっていきます。当時の和歌には、男性と女性の明確な区別がありましたが、異性のふりをすることで詠む歌の幅を広げられたようです。

この和歌からは、Official《オフィシャル》 髭男《ひげダン》 dism《ディズム》の「Pretender」を思い出します。内容は異なりますが、和歌もこの曲も、これ以上の関係が続かないことを強く歌っています。曲では、相手との関係では自分の気持ちをもう演じる（pretend）ことはできない、辛い気持ちを歌っています。

九十

見せばやな雄島《をじま》の海人《あま》の袖《そで》だにも濡《ぬ》れにぞ濡れし色は変はらず

殷富門院大輔《いんぷもんいんのたいふ》

現代語訳

見せたいわ。雄島の海人の袖でさえ、海に潜って濡れに濡れても、色は変わらないというのに、私の袖は、血の涙で赤く染まっているのよ。

超訳

ウォータープルーフマスカラも、この涙の前には無力

この超訳では、涙も枯れ、血の涙が流れてくる様子が、ウォータープルーフのマスカラでさえ落ちてしまうほど激しく涙する様子に置き換えられています。

この和歌は本歌取りという技法を用いたもので、その元の本歌の言葉や趣向を自分の和歌に取り入れてつくられました。

元になったのは、『後拾遺和歌集』に掲載されている源重之《しげゆき》「松島や雄島の磯《いそ》にあさりせし海人の袖こそかくは濡れしか（雄島の磯で漁をしていた海人の袖は、この袖のように濡れていたのでしょうか）」という歌。「海人」は海に潜って漁をする人たちのことで、その人たちぐらいしか私ほど袖を濡らしている人はいないと詠んだ源重之に対して、殷富門院大輔は海人の袖ですら色は変わらないのに、自分の衣の袖は涙のせいで色が変わる、と詠みました。それほどに深い苦しみを歌に込めたのでしょう。

本歌取りというのは一種のオマージュですが、本歌の内容を踏まえながら、この歌のように重要な部分を変えるなどして、独自性を加えます。現代でもパロディやオマージュ、二次創作などは盛んに行われていますが、元の作品等の尊重と独自性のバランスが重要なのは同じではないでしょうか。この超訳にも時々パロディを入れています。

ところで、血の涙と聞くと怖いと感じるかもしれませんが、実際に血が流れるわけではありません。この歌では深い悲しみを血の涙に例えていますが、現代の曲にも赤い涙の比喩はたびたび登場します。例えば湘南乃風《しょうなんのかぜ》とＭＩＮＭＩ《ミンミ》の「CRY feat. MINMI」です。今、世界のあちこちで戦争が起きています。環境問題も解決の兆しが見えません。この歌では、戦争、貧困、環境破壊などの問題を解決すると声高に主張する政治家やお金持ちが、その裏では豪華なディナーを食べているという矛盾、偽善を歌っています。それだけでなく、この曲の赤い涙は、国家権力や人間のエゴの犠牲になっている人々の血も表しています。

他にも、アンジェラ・アキの「焼き尽くすまで」や相川七瀬《あいかわななせ》の「チョット」でも赤い涙というワードを見つけました。傷ついた心を赤い涙と重ねるのは、今も昔も日本語で使われている表現のようです。

一方西洋では「血の涙」と聞くと、涙するマリア像を連想する人が多いかもしれません。奇跡により、マリア像が涙を流すと信じられています。

九一

きりぎりす鳴くや霜夜《しもよ》のさむしろに衣《ころも》かたしきひとりかも寝《ね》む

後京極摂政前太政大臣《ごきょうごくせっしょうさきのだいじょうだいじん》

現代語訳

きりぎりすがもの寂しく鳴いている、寒々とした霜夜のむしろの上で、私は衣の袖を片方敷いて、ひとりで寝ることになるのだろうか。

超訳

寒いし、
暗いし、
寂しいし、
寝れないし、
彼女欲しいし！

この超訳では、ひとり眠る夜を、独り身の寂しさに打ちひしがれる現代の夜に置き換えています。

「衣かたしき」とは、自分の衣だけを敷いて寝ることを意味します。恋人と寝る時には二人分の衣を敷く風習があり、衣が一人分しかないことで、隣に誰もいない夜の寂しさがより一層引き立ちます。

この歌も第九十番同様、本歌取りの手法で詠まれています。本歌の一つは、自分を待つ恋人を想う歌で、「さむしろに衣かたしき今宵もや我を待つらむ宇治の橋姫（むしろに衣を一人分だけ敷いて、今夜も私の訪れを待っているのだろうか、宇治の橋姫は）」（読み人知らず『古今和歌集』）。

もう一つは、『百人一首』の第三番の歌「あしびきの山鳥の尾のしだり尾の長々し夜をひとりかも寝む」で、こちらは一人きりで長い夜を過ごすことを詠んでいます。どちらも一人で過ごす夜の寂しさを詠んでおり、それぞれの趣向を反映しながら、より一層切なさを感じる歌がつくられました。

この本も終わりに近づいてきましたが、ここで読者の皆さんにもう一つチャレンジしてほしいと思います。ここまで私たちは、和歌から連想する楽曲を考えてきましたが、他のメディア、例えば漫画、アニメ、映画、詩、絵画、陶芸、ファッションなどとのつながりを考えてみるのはいかがでしょう？　何でも構いません。現代の世界とのつながりを見つけることによって、和歌がより身近に感じられると思います。例えばこの和歌では、きりぎりすや一人ぼっちの秋の夜、凍りつくような寒い夜などを他のメディアと結びつけてみるのはいかがでしょうか？

九二

わが袖《そで》は潮干《しほひ》にみえぬ沖《おき》の石の人こそ知らね乾く間もなし

二条院讃岐《にじょういんのさぬき》

現代語訳

私の袖は、潮が引いたときでも見えない深い沖の石のように、人は知らないでしょうが、恋の涙で濡れて乾く間もないのですよ。

超訳

俺の部屋だけエアコン壊れてて
洗濯物乾かないのは誰も知らない

元の和歌では、乾く間もない涙が、干潮でも海の底に浸かって常に濡れている石に例えられていますが、超訳ではなかなか乾かない洗濯物に例えられています。また、元の和歌では、自分の袖が涙で濡れて乾く間もないことを人は知らないと詠っているので、超訳でも、エアコンが壊れて洗濯物を乾かせないという不便な状況を誰も知らないとしました。

ここまで読み進めたら、「あれ、また恋の涙で袖を濡らしているのか」と思った方もいるかもしれません。和歌では極めてよく描かれる描写です。面白いのは表現が似ていても、使われている技法や自然の風景、そしてそこから生まれる情緒の多様さではないでしょうか。元の歌では、「潮干に見えぬ沖の石」が、深く秘められた恋や、乾くことのないほどに涙に濡れていることの比喩として表されています。石という、恋には縁のなさそうなものを用いることで、見事に恋心を表現したこの和歌は高く評価され、作者は後世「沖の石の讃岐」と呼ばれました。

この和歌から連想するのは、第二十二番でも紹介したアイドルグループ嵐のメンバーである二宮《にのみや》和也《かずなり》のソロ曲「痕跡《かこ》」です。死んでいった彼女との小さな幸せを思い出して、深い悲しみを歌う物語です。乾かない涙の痕という表現が、元の和歌と重なります。「痕跡」は「こんせき」と読みますが、あえて「かこ」というふりがなを付けているところも考えさせられますね。

ずっと真夜中《まよなか》でいいのに。というバンドの「お勉強しといてよ」では、水に濡れたままの様子を違う形に例えており、好きな相手との思い出や記憶を洗濯してもその洗濯物が乾かない、つまり相手を思う気持ちが乾かないと表現しています。濡れていて乾かないことを恋愛に例える手法は、昔から現代にも使われ続けていますね。

九三

世の中は常にもがもな渚《なぎさ》漕《こ》ぐ海人《あま》の小舟《をぶね》の綱手《つなで》かなしも

源実朝《みなもとのさねとも》

現代語訳

世の中は常に変わらないものであってほしいなあ。渚を漕いでゆく漁師が小舟の綱を引く様子は、しみじみと心が動かされるものだ。

超訳

俺のiPhone、もう型落ち

この超訳では、世の中が変わらないことを望む元の和歌の作者の心情を、新しいiPhoneに変えてもすぐに型落ちしてしまう現代の様子に置き換えています。

世の中は常に変わり続けるものではありますが、それでも現代のトレンドの変化はあまりに早すぎるような気がします。スマートフォンは毎年のように各社から新シリーズが発売され、コンビニやファストファッション店は毎週新商品を店頭に並べています。選択肢が増えることや楽しみが生まれることは良いのですが、それで幸せになれているかというと別の問題ではないでしょうか。

変化が激しい今だからこそ、本当に必要なものや大切なものは何かという軸を見つけておきたいと思います。

この歌の作者源実朝（鎌倉右大臣）は、『万葉集』の歌を元にした歌を多く詠みました。「綱手かなしも」の「かなしも」（身に染みて愛着を感じるなあ）という言い方も『万葉集』の影響を受けたと思われます。

この実朝のことを、明治時代の俳人・歌人である正岡子規《まさおかしき》は「歌読みに与ふる書」の中で「第一流の歌人」と絶賛しました。実朝は二十代で暗殺されてしまいましたが、子規は、実朝があと十年生きていたら、もっとたくさんの名歌を残しただろうと言っています。私も同意見です。それどころか、和歌の歴史さえ大きく変えていたはずだと思えてなりません。

この和歌からは、井上陽水《いのうえようすい》の「少年時代」を思い浮かべます。皆さんはこの歌に歌われている夏の光景が永遠に変わらないものと思っていたでしょうか。

九四

み吉野《よしの》の山の秋風小夜《さよ》ふけて故郷《ふるさと》さむく衣《ころも》打つなり

参議雅経《さんぎまさつね》

現代語訳　吉野山の秋風が吹き、夜が更けてきて、かつて離宮があったここ吉野は寒く、衣を打つ砧《きぬた》の音が聞こえてくる。

超訳

夫が単身赴任になったから、
アイロンをかける枚数も減ったなあ

この超訳では、秋の心寂しい吉野に砧の音だけが響く様子が、単身赴任で夫がいない家の様子に置き換えられています。

「砧」とは、今でいうアイロンのような役割を果たす木製の道具で、これで湿った洗濯物を叩くことで皺《しわ》を伸ばしたり、生地を柔らかくしたりしていました。漢詩では、この砧で衣を打ちながら（「擣衣《とうい》」）、妻が夫の帰りを待つという表現が見られ、その題材を和歌に取り入れて詠まれたのがこの和歌です。和歌の基になった「擣衣」の場面が出てくる漢詩はいくつかあり、例えば李白《りはく》の「子夜呉歌」は、国を守るために夫が遠くに行かされたことを妻が嘆く詩です。

超訳では、夫が家を空けているが故に、アイロンをあてる服の枚数が減り、ふと寂しさに気付く様子が描かれています。結婚すると、ときに関係が行き詰まってしまうことがありますが、いなくなってから寂しいと気付くことで、やっぱり相手が大切だったということを思い出します。

この和歌から、ウッドキッドの「Iron」という曲の歌詞を思い出しました。この曲は李白の詩と同じく、戦争のため何百マイルも離れた場所に送られて兵士になるが、行き先もわからないと歌います。歌詞の「Iron（鉄）」は彼を愛する人が使うアイロンではなく、彼の頭に当たった鉄の銃弾です。

どちらも心を動かす表現で戦争の悲惨さをうたっているので、戦争の多い今、皆さんに触れてほしいと思います。

九五

おほけなく憂《う》き世の民におほふかな我がたつ杣《そま》に墨染《すみぞめ》の袖《そで》

前大僧正慈円《さきのだいそうじょうじえん》

現代語訳

身の程知らずに、つらいこの俗世の民に覆いかける。私が比叡山に住み始めて身に着けているこの墨染の袖を。

超訳

私はアンパンマンじゃないけれど、いこう！　みんなの夢を守るためにこの超訳では、民衆を助けたいという僧侶の言葉を、「アンパンマンのマーチ」の歌詞になぞらえて表現しました。『アンパンマン』はやなせたかしの絵本に登場するヒーローで、困っている人たちを助けるために悪者と闘ったり、パンである自分の顔を分け与えたりしています。この歌の「おほけなく」とは、「身の程知らずだが」と謙遜の意味で使われおり、超訳では、その言葉に代わって「私はアンパンマンじゃないけれど」と前置きをしています。これによって、力があるわけではないけれど、それでもみんなの役に立ちたいという元の歌の謙虚さや温かさを反映させました。

比叡山は天台宗の総本山です。私は天台宗の教えの中で特に好きな言葉が二つあります。一つは「一隅《いちぐう》を照らす」。自分が置かれている場所で、しっかりと努力を積み重ねることによって、社会が照らされるという意味です。そして、二つ目は「山《さん》川草木悉皆成仏《せんそうもくしっかいじょうぶつ》」。この世のあらゆるものに尊い命があり、仏様が宿っているという意味で、日本仏教のなかで形づくられた考え方だと言われています。私はこの教えを知ってから、虫を見つけても殺さず一緒に住むようになりました。また、同様にどんなものにも尊い命が宿っているという意味の「一寸の虫にも五分《ごぶ》の魂」という諺《ことわざ》から、小倉山の我が家を「一寸虫庵《いっすんちゅうあん》」と名付けました。これから私は動物の権利のための活動をしていきたいとも考えており、この教えは私の主軸になっています。この言葉が、みなさんにとっても、一隅を照らし、周りのあらゆるものの命を尊重して生きていくきっかけになれば嬉しいです。

超訳から連想したのは、先に述べたようにやなせたかし作詞の「アンパンマンのマーチ」です。子供向けのアニメ『アンパンマン』のテーマ曲ですが、歌詞の内容は意外に深いです。アンパンマンの無償の愛を歌った歌が、元の和歌の慈円僧正の姿と重なります。

九六

花さそふ嵐の庭の雪ならでふりゆく物は我が身なりけり

入道前太政大臣《にゅうどうさきのだいじょうだいじん》

現代語訳

桜の花を誘って散らす風のせいで庭に雪が降るのではなく、私が古くなって年老いていくのだ。

超訳

桜が散っているのを見ると、
アイルランドの吹雪を思い出す

超訳では、日本の桜が散る様子と、私の故郷であるアイルランドの吹雪を重ね合わせてみました。桜が風に吹かれて散る様子を「花吹雪」と呼ぶことがありますが、これも花びらを雪に見立てていますね。

元の歌に「花」とありますが、当時は花といえば桜を指していました。まだ寒さの残る新春に詠まれた和歌で、雪のように桜が「ふりゆく（降っていく）」かと思えば、「ふりゆく（古くなっていく）」のは私の歳だったと、自分が年老いていくことへの憂いが詠まれています。

さて、この歌に使われている技法は、ここまで読み進めたみなさんなら、もう説明するまでもないかもしれませんね。「白い雪」と「白い桜」を重ね合わせた「見立て」と、二つの意味を持つ「ふりゆく」の「掛詞」の技法が使われています。

この和歌からは福山雅治《ふくやままさはる》の「桜坂」を連想しました。どちらの歌でも、時間が過ぎ去ってゆくのをしみじみと感じる様子が歌われています。和歌では時間が過ぎ去っていくことをテーマにしていますが、「桜坂」ではこれから過ぎ去っていく時間の中での決意を歌っていますね。

また、私は、アイルランドの女性歌手エンヤの「菫草～SUMIREGUSA～」という曲を思い出します。すみれは初夏に咲く花ですが、松尾芭蕉の『野ざらし紀行』にある俳句「山路来て何やらゆかしすみれ草」をヒントに、自然が私たちを感動させる力を日本語で歌った曲です。彼女は自らのホームページ上で、緑の一つの葉から秋の色づきまで、自然のすべては人間の心を動かせる力を持っている点において平等であると説明し、枯れゆくアザミを見て、その小さな草の歴史は死とともに消えてしまうと回想しています。その経験は彼女の人生観を深めました。

アイルランド人として、私はすみれをアザミに置き換えていることに強く共感します。松尾芭蕉はすみれを見て、美しくもあり切なくもあると感じたと思いますが、私も一本のアザミを見て同じような感覚を覚えます。アイルランドの山道を歩いていて、ふと出会えるのはアザミです。このように、それぞれの国の文化や風土にあった花に置き換えることで、元の歌の情緒を感じることができ、すんなりとニュアンスが伝わるようになるのはとても面白いです。そして、彼女の描写には、日本人の自然観との深い親和性を感じました。それが、彼女の歌が日本人に愛された理由の一つかもしれません。松尾芭蕉の句を『松尾芭蕉を旅する 英語で読む名句の世界』（講談社）で英訳しましたので、興味のある方はご覧ください。

九七

来《こ》ぬ人をまつほの浦の夕なぎに焼くや藻塩《もしほ》の身もこがれつつ

権中納言定家《ごんちゅうなごんさだいえ》

現代語訳

尋ねて来ない人を待つ気持ちは、松帆の浦の夕凪《ゆうなぎ》に焼く藻塩のように、身が焼かれるような思いだ。

超訳

バーベキューの黒焦げ肉くらい恋焦がれてる

元の和歌では恋焦がれる様子を藻塩に例えているのを、超訳では黒焦げ肉に置き換えています。

藻塩を焼くと聞いてもピンと来ないかもしれませんが、当時は海藻に海水をかけて焼き、水に溶かしてさらに煮詰めることで塩を抽出していました。元の和歌では、じっと待ってやっと取れる藻塩のように、自分も恋焦がれながら恋人を待っていると表現しています。

超訳では、待って待って恋焦がれる様子をバーベキューのお肉に例えていますが、この場合はじっと待っているというよりは、最初は食べるのを楽しみにしていたのに、結局みんなお話や遊びに夢中になり、コンロの上に放っておかれて真っ黒になってしまった、というような状態でしょうか。元の歌とは違った寂しさや虚しさを感じますね。

この歌のように恋心が炎で燃えたり焦がされたりする様子は、日本語の歌でもよくみられますね。美川憲一《みかわけんいち》の「恋の炎」という演歌でも、赤々と身を焦がす恋について歌っています。愛することが女の命で、男性は夢（野望）が命であるという歌詞からは、演歌の世界観を感じます。愛することが女の命という表現は、第八十九番の和歌にも通じるものがあります。一方で、「女は」「男は」とステレオタイプに分けて言う表現は、今の時代には少し受け入れられにくいでしょうか。

九八

風そよぐ楢《なら》の小川の夕暮れはみそぎぞ夏のしるしなりける

従二位家隆《じゅうにいいえたか》

現代語訳

楢の小川（御手洗川《みたらし》）の夕暮れは、すっかり秋めいているが、川辺の禊祓《みそぎはらい》を見ると夏なのであるなぁ。

超訳

もう十月なのに真夏日!?

この超訳では、みそぎが行われていることに夏の名残を感じる様子が、まだまだ暑さがひかず、夏のように感じられる秋に置き換えられていま す。元の和歌では、暦の上では夏だが、空気はもう秋のようだと感じているのに対し、超訳はその逆になっているのです。

当時の夏は旧暦の四月から六月を指し、歌に詠まれている「みそぎ」というのは、秋を迎える前に御手洗川で半年分の穢《けが》れを清めるために行われる行事のこと。京都の下鴨《しもがも》神社で無病息災を願って行われている御手洗祭の起源になったともいわれています。

当時使われていた暦(旧暦)は現在の暦よりも一か月ほど早く、みそぎが行われる六月末は、現在の七月下旬~八月中旬ごろにあたります。夏の終わりに涼やかな風を感じる平安・鎌倉時代とは対照的に、現在は十月になっても真夏日が続くことが多く、地球規模の問題となっています。この千年で気候変動がかなり進んだということですね。

さて、この超訳に使われている「⁉」は、実は日本ならではの記号の使い方なのはご存じでしょうか。「感嘆符疑問符」といい、驚きや疑問が入り交じる感情を表すのですが、実は二つの記号はラテン語が起源とも言われています。海外からやってきた記号も独自の使い方で浸透させていく様子に、また日本語の面白さを見つけられたように思います。

季節が変わらないでほしいと願っている元の和歌の様子からは、TUBE《チューブ》の「シーズン・イン・ザ・サン」を思い浮かべます。これは夏があまりにも最高で、このまま季節が変わらないでほしいという曲です。太陽の輝いている季節を止めてほしいと英語で表現していて、とても夏らしく楽しいです。

この超訳から地球温暖化の問題を連想して、第四十二番や第八十二番でも紹介したサザンオールスターズの「Relay～杜の詩」も紹介したいと思います。人間があまりにも便利さを追い求めた結果として、地球が病んで、美しい杜《もり》が消えてしまうことを嘆いた歌です。今、私たちは毎年、大地震や大雨、竜巻など今まで想像もできない規模の災害を経験しており、まさに地球が病んでいくのを目の当たりにしています。超訳の「十月でも真夏日!?」という感覚も、もう珍しくはなくなってきています。

私たちは今、四季という文化との接点を失いつつあります。なぜなら、温暖化と環境破壊によって、季節そのものが失われつつあるからです。この本から、私たちは自然と文化の両方を守っていかなければならないということを感じていただければと思います。

九九

人もをし人もうらめしあぢきなく世を思ふゆゑに物思ふ身は

後鳥羽院《ごとばいん》

現代語訳

あるときは人が愛おしく、あるときは恨めしい。世の中を想うために、物思いをする私は。

超訳

好きになることもあれば
嫌いになることもあるさ
にんげんだもの

この超訳では、元の和歌の人を愛おしくも恨めしくも思える様子を、相田《あいだ》みつをの名言風に表現しました。相田みつをは独特の書体で書いた詩を多く残したことで知られる詩人・書家です。彼の作品はどれもシンプルな言葉で書かれていますが、人生や人間について深く考えさせられるものです。「人間だもの」という表現は、彼の著作『にんげんだもの』のタイトルのほか、その中に収録されている「つまづいたっていいじゃないか　にんげんだもの」など、いくつかの詩で使われています。間違ってしまうことも迷ってしまうことも、「人間ってそんなもの」と受け止めてくれています。相田みつをなら、後鳥羽院の揺れ動く気持ちも肯定するのではないでしょうか。

第九十九番の和歌からは、Mrs.《ミセス》 GREEN《グリーン》 APPLE《アップル》の「春愁《しゅんしゅう》」を思い出しました。和歌もこの曲も、私たちの大事な人たちを嫌いになってしまう気持ちを表現しています。「春愁」では、友達のことが嫌い、でも好きだと歌うだけでなく、昨日も今日も嫌い、でも明日は好きであると歌っています。人は、好きと同時に嫌いだという矛盾に満ちていますが、この歌詞はその矛盾をとても上手く表現しています。

また、第七十七番でも紹介したキタニタツヤの「振り子の上で」という曲は、人間の感情が「愛」と「憎しみ」の両極端を振り子のように行ったり来たりするさまを描いています。ところで、これと同じアルバム『BIPOLAR』に収録されている「よろこびのうた」の英題は「Ode to Joy」となっており、ルートヴィヒ・ヴァン・ベートーヴェンの交響曲第九番「Ode to Joy」（歓喜の歌）を意識していると思われます。この曲は、この本の終盤にふさわしいと思います。私は、この交響曲が日本でなぜこれほど人気があるのかよく不思議に思います。この曲は、私たちの喜びの源である神を賛美し、神を崇めるよう呼びかける、非常にキリスト教的な曲です。日本はキリスト教国ではありませんが、喜びにあふれた音楽そのものが、聴く人の心を打つのかもしれません。

日本は地震や台風などの災害が多く、絶えず再創造し、再構築しなければならない国であり、そのために革新的な国になったのだと思います。そして、時に自然の巨大な力を受け入れることが、共同体の形成に重要な影響を与えてきたのだと思います。サントリーが毎年開催している一万人規模の第九コンサートが震災などを乗り越え、祈りを込めて四十年以上続いていることも、共同体精神の表れの一例ではないでしょうか。

『百人一首』の歌は、人類の普遍的な心には場所や時間の限界がないこと、そして古代から現在まで、私たちの感情は変わっていないことを教えてくれます。私たちは人間だもの。人間だからこそ、私たちは自分の弱さゆえに落ち込むこともありますし、楽観的になることもできます。本書の終わりに近づいてきたところで、一つ前向きな提案をしたいと思います。私たちは欠点だらけで不完全ですが、それでも常に平和と喜びにあふれた人生を目指して努力することができます。必ずしもそれを達成できるわけではありませんが、そのような努力が人生を豊かにし、ポジティブなエネルギーで満たしてくれるでしょう。これは、現代の歌詞を読み、古典和歌と比較する中で私が学んだことです。

長きにわたり、『百人一首』は主に日本で愛されてきました。これからの千年は、ベートーヴェンの交響曲第九番のように、世界中で愛される世界文学の作品、人間の心の重要な記録として認められることを願っています。

百

ももしきや古き軒《のき》ばのしのぶにもなほあまりある昔なりけり

順徳院《じゅんとくいん》

現代語訳

宮中の、古い軒端《のきば》に生える忍草を見ながら、偲《しの》んでもやはり偲びきれない、恋しい昔の御代であることだ。

超訳

道端で三つ葉のシャムロックを見かけると故郷を思い出すなあ

最後の超訳では、宮中の軒端に生える草を見て、かつての平安時代の栄華に想いを馳せる様子を、私の故郷への想いに置き換えました。アイルランドにはクローバーに似たシャムロックという呼び名で知られる国花があり、三枚の葉はそれぞれ三位一体の「神・子・精霊」を意味しています。

作者の順徳院の時代は、武士の政権である鎌倉幕府ができて天皇家の力が弱まっていました。元の和歌の「ももしき」は「宮」にかかる枕詞であり、ここでは天皇の住居そのものの意味です。つまり、「古き軒端」とは、荒れ果てた古い皇居の屋根の端です。「しのぶ」は、シダの仲間の植物「忍草」と「偲ぶ（なつかしむ）」の意味を掛けています。忍草が生えてしまうほど皇居が廃れていることと、天皇が力を持っていた昔の時代をなつかしみ、嘆いている様子を表しています。「昔はよかった」「最近の世の中はどんどん悪くなっている」ということは今でもよく言われますが、順徳院は特にそういう気持ちを強く抱いていたようです。

さて、「忍草」はこの歌同様、大切な人や昔の生活を偲ぶ様子を表すために和歌でよく用いられます。土がなくても生きていく様子が「耐え忍ぶ」という言葉を連想させるためか、長い時間を経ても消えない気持ちを表すこともあります。同様に和歌によく登場する植物に「忘れ草」があります。思い煩うほどの相手を忘れさせてくれると信じられていた植物で、忘れたいが忘れられない気持ちを表現するために、和歌でよく用いられてきました。「偲びつづける」と「忘れさせてくれる」という正反対の意味を持つ二つの植物ですが、どちらも愛おしいものへの気持ちは簡単には消えないという意味で共通しており、世の常のように感じられます。

アイルランドの子供時代を振り返ると、アイルランドで最も有名な歌の一つである「夏の名残のバラ」が思い出されます。この曲は日本では「庭の千草」というタイトルで、明治時代に小学唱歌として広く紹介されました。米英の音楽が禁止された時期にも、「庭の千草」は「蛍の光」などと並んで日本化されているとして、禁止対象から除外されています。

元の曲も「庭の千草」も、生きとし生けるものの儚さを、それぞれの文化にふさわしい形で美しく表現しています。オリジナルのアイルランドの歌は、夏の最後のバラが散ることだけでなく、友人や愛する人を失うことにも焦点を当て、そんな荒涼とした世界に一人で

生きていくのは誰も望まないだろうから、自分はすぐにこの世を去るだろうと歌っています。日本語版「庭の千草」では、秋の露、霜に耐えられずに散る白菊、虫の声、そして繰り返される「哀れ」という言葉のイメージで、同じはかなさを表現しています。この美しいアレンジは、喪失、孤独、美や生命のはかなさ、そして悲しい陰鬱なトーンというテーマを見事に捉えています。

「ドレミの歌」もそうですが、原作の歌詞と日本語訳を比べると、異なる文化へと伝わる中で、同じテーマを維持しながらも歌の表現がどのように変化していくのかが分かります。

庭の千草（里見《さとみ》 義《ただし》 訳詞）

一
庭《には》の千草《ちぐさ》も　虫の音も
枯れて淋《さび》しく　なりにけり
ああ白菊《しらぎく》　ああ白菊
ひとり遅れて　咲きにけり

二
露《つゆ》にたわむや　菊《きく》の花
霜におごるや　菊の花
ああ　あわれあわれ　ああ白菊
人の操《みさお》も　かくてこそ

夏の名残のバラ（川崎《かわさき》 蓉子《ようこ》訳）

夏の名残のバラ、
ただ一輪咲き残っている。
彼女の美しい仲間たちは、
みな色あせて散ってしまった。
彼女の赤い色を反射したり、
ため息にため息を返したりするような、
彼女と同じ種類の花も、
バラのつぼみも近くにはない。

私はお前を一人残して
茎の上で恋い焦がれるままにしてはおかない。
美しい仲間たちが眠っているのだから、
彼らと一緒に眠りにつきなさい。
だから私は丁寧に
お前の葉をベッドの上に散らす。
庭に咲いていたお前の仲間たちが、
香りを失い、死んで横たわっている場所に。

そして私もすぐに後を追おう、
友情が衰える時、
輝く愛の輪から
宝石がこぼれ落ちる時に。
本当の心が枯れ果て、
愛しい人々が消え去った時、
ああ、誰がこの荒涼とした世界に
ただ一人生き続けるというのだろうか?

この本を書くにあたり、いろいろな歌を聞きました。特に、アイドルをはじめとする若い歌手たちが歌う様子を見ていて印象的だったのは、彼らがまるで世界の中心にいて、彼らのために時間が止まっているかのように歌っていることでした。歌手たちは、時間というものが人生のすべてを変えていくということをまったく意識していないように見えます。それが彼らの歌に大きな魅力を与えています。私も実は若いときは同じ気持ちでした。今回、アイドルが生き生きと歌う様子を見て、自分がどれほど変わったのかを実感することができました。年齢を重ねるにつれ、時間の感覚は変化し、人生のほとんどのことは自分ではコントロールできないものであり、すべては変化の神と時の女神の支配下にあることに気づきます。

順徳院が歌に詠んだように、私たちは過去に戻ることはできません。私が育ったアイルランドの田舎の家には、大きな壁に囲まれた果樹園があり、その壁は小さな、香り高いつる薔薇《ばら》で覆われていました。毎年、私はたくさんの棘《とげ》に刺されながら、母のために薔薇を摘みました。今アイルランドに戻ることはできますが、私の幼少期のアイルランドは永遠に失われ、別の国になってしまいました。母はすでに他界し、私が幼いときに住んでいた家は新しい所有者に引き継がれました。そして、私は日本に長く住んでいるため、もはや昔話の浦島《うらしま》太郎《たろう》のように、以前の生活には戻れないのです。つまり、心のなかにいつも故郷を作っておかなければならないのです。生まれ育った自然環境の中にいない私は、「夏の名残のバラ」のような、自然が消えていく様子を味わうこともできません。私は例えれば桜やすみれのような日本の繊細な花ではなく、アイルランドの道端に咲く棘のある野薔薇やアザミのような植物です。自分の過去を振り返ってみると、子供の頃に魂に刻み込まれた、アイルランドの偉大な詩人ウィリアム・バトラー・イェイツの詩「Down by the Sally Gardens」を思い出します。この詩は、美しい若い女性の言葉を聞かなかったことを後悔し、心が涙でいっぱいになっている若い男性を描いています。愛する祖国アイルランド、老後を助けるためにほとんど何もしてあげられなかった美しい母、若かりし頃の数々の過ち、そして現代の世界で起こっている悲惨な戦争や紛争を振り返ると、古典和歌の翻訳に携わっているときも、現代の歌詞を読んでいるときも、私の心も常に涙でいっぱいであることに気づきました。

終わりに

この本の執筆は、私にとって非常に楽しいものでした。同時に、私の学びの人生の大きな転換点にもなりました。現代のレンズを通して『百人一首』をもう一度学び直し、幅広い領域の社会問題を考える、またとない機会になりました。

さまざまな種類の超時空訳（超訳）を作ってみました。超訳のなかには、ユーモアを交えながら元の和歌を現代版にアレンジしたものもあります。例えば第三十八番のように離婚をして慰謝料を請求するものや、第七十七番のようにアニメや漫画をもとにしたものがあります。

また、現代のコミュニケーション手段にスポットライトを当てた超訳もあります。第四十九番や第六十三番では、今の日本人の多くが知っているメッセンジャーアプリ・ＬＩＮＥを使った超訳を作ってみました。他にも第三十九番「もう隠してられない！　君のことが好き！」のように、想いを直接的に伝えようとしているものもあります。

また、『百人一首』のなかには、歌人が異性の立場から詠んだ歌もあるため、第二十一番の超訳では男性が女性になりすましている内容のものを作りました。日本にはジェンダーフリーな部分もありますが、同性の結婚が法律で制限されている国でもあります。さまざまな超訳を通して、今の日本のジェンダー問題に話題を提供しています。一方で、オーバーツーリズムや地方の過疎化、あるいは花粉症といった、日本の社会問題を取り上げたものもあります。これらの超訳はバラエティに富んでおり、読者の皆さんに楽しく読んでいただけたかと思っています。超訳を読んだあとに、『百人一首』をもう一度読んでみたい、自分で新しい超訳を作ってみたいと思っていただければ幸いです。

もう一つ超訳を作るなかで気づいたことは、現代の私たちはお金を費やして多くの物質を所有することに執着し、そしてそれが豊かさを決める基準になっているということです。平安時代の人々は、必ずしも物質的に恵まれていたわけではありませんが、心は豊かで、「憂い」という感情そのものを楽しんでいたように思います。しかし近年では、物質的にはより豊かになっている反面、精神的には貧しくなっているように感じます。超訳のなかには、私たちの豊かさの基準が精神的なものから物質的なものへと、大きく変わったことを示しているものもあります。

この本の出版は、若い人たちの協力なしには実現しなかったと考えています。若い人たちと仕事をすることは本当に楽しいです。彼らは自由で創造性にあふれています。彼らの感性と、日本語をクリエイティブに使う力に感銘を受けました。

そのため、本書では言葉を表現する際にいくつかの決断をしました。一つには、この超訳を考えるにあたって、可能な限り「。」（マル・句点）を使わないようにしました。というのも、二〇二四年に入ったあたりから、「マルハラ（マルハラスメント）」という言葉を耳にするようになったからです。「。」で終わる文章は威圧感があり、怒っているように見えることから、文末に句点のついた文章を嫌がる若者が多いそうです。第六十番の超訳では、怒っている感じを出そうと、あえて「。」をつけました。また第八十六番では、ＪＲ東日本の「ぜんぶ雪のせいだ。」というキャッチコピーを元にしているため、その「。」も残して再現しました。

一つ驚きだったのは、友人たちに原稿を見せたとき、世代によって知っていることがまったく違うということ。例えば、年配の人は若い世代が使う言葉に馴染みがありません。さらに、二十代か三十代かというだけでも違いがあります。ほとんどの超訳は、若年層の読者を対象にしていますが、この本が、あらゆる年齢の皆さんに楽しんでいただけるものになれば、そして新しい古典の読み方を学んでいただけるようになればと思い、幅広い世代に向けたものを作ってみました。そのため、この本では若い世代の人たちだけが使う言葉には解説を載せています。超訳では特定の世代に焦点を当てたものが多くありますが、日本で暮らす多くの人が『百人一首』を学校で学んだことがあると聞いています。読者のなかには、世代を問わず伝わるのは、『百人一首』の原文なのではと気づく方もいるかもしれません。

また、日本の古典和歌と現代の楽曲の歌詞という二つの世界に、多くの類似点や相違点を見つけました。音源を聴いたり、ユーチューブで歌の動画を見たりするのはとても楽しかったですし、今の人々にとって何が大切なのかを知ることができました。

私は古典の和歌を学ぶことで日本を大好きになり、そして日本の人たちを大好きになりましたが、この本を作ることによって日本をより理解し、より深く日本を愛するようになりました。私は日本に三十年以上住んでいますが、その間私は平安時代に生きていたのだと気づきました。現代の文化については全く知らなかったのです。この本を書くことによって、私は平安時代から現代へと来ることができました。このことを本当に感謝しています。

型の文化

古典和歌には型というものがあるので、歌人たちが詠むテーマは季節ごとに決められていました。春は春霞、梅、桜、そして鶯《うぐいす》。夏はほととぎす、短夜《みじかよ》、そして有明の月。秋は月、紅葉、そして恋人を求める鹿の悲しげな鳴き声。冬は吉野や富士山の山頂に積もる雪などをテーマに歌を詠みます。

一方、現代の人たちは、それぞれの季節からどんなものを思い浮かべるでしょうか。例えば、よく夏と結び付けられるものは、スイカ、海、そして花火など。ほととぎすや短い夜を思い浮かべる人はあまりいません。なぜなら、今の私たちは昔ほど自然に囲まれた生活を送っていないからです。電灯が溢れる生活や、屋内中心の生活を送っていると、当時の歌人たちほど夏と冬で夜の長さが違うことに目を向けることはないように思います。さらに、私たちはスイカなど季節を連想させるものを、定番もしくはお決まりのものとして考えていますが、おそらく百年も経てば、まったく違うものを思い浮かべているでしょう。私たちは季節ごとに固定的なイメージを持っていて、無意識のうちにそれらが永遠に変わらず存在し続けると思い込んでいるのではないでしょうか。実際には、今私たちが慣れ親しんでいる文化も、昔から伝承されるうちに少しずつ変わってきた文化であり、これからも時代とともに生まれ変わっていくものです。

今と昔とでは、季節そのものの感じ方も違っているようです。例えば第九十八番の和歌、「風そよぐ楢の小川の夕暮れはみそぎぞ夏のしるしなりける」では、異なる季節が並行している様子を歌っています。まだ夏越のみそぎという夏の行事が残っている頃だというのに、優しく吹くそよ風が、一足早い秋の到来を告げている様子です。このように、次の季節が今の季節に少し重なってやって来るのは、昔はごく自然なことでした。ですが、今はどうでしょう。環境破壊と地球温暖化が進み、四季そのものがくずれてしまっています。

第九十八番の超訳で、この変化を表現してみました。

「もう十月なのに真夏日!?」

この超訳からも感じられるように、かつての人々が愛でていた世界というのは今はほとんど存在せず、悲しいことに、同じ雰囲気を楽しんでみたいと願っても、もう後戻りはできないのです。かつてのような移り変わりを見せなくなった自然を、私たちはどのように堪能すればいいのでしょうか？　四季がなくなってしまえば、もちろん和歌の型の文化も消えてしまいます。今残されている自然を、どうすれば守っていけるのでしょうか。この本ではこのような問いを投げかけてきましたが、その答えを委ねられているのは私自身と、読者の皆さんです。

連想と日本文化

日本の人はさまざまな場面で連想を楽しんできました。日本の伝統文化は無数の連想が編まれて形作られています。連想は、地名、時期、花や植物などから生み出されています。例えば古典の世界では、吉野と聞けば桜の名所、秋の瀧田川と聞けば紅葉を意味します。超訳を作るときは、秋と言えば秋刀魚というような連想を用いたものも作ってみました。今は秋刀魚の価格が高騰し、家庭の食卓に並ぶことは以前より減ってしまいましたが、昭和や平成の時代には秋と言えば秋刀魚を思い浮かべることが多くありました。このように、連想の対象も時代によって変わっていきます。

日本の連想の起源は和歌にさかのぼることができ、和歌は同じ発音で異なる意味を持つ言葉、同音異義語を二つ掛け合わせた掛詞を生み出しました。例えば第十六番の歌「立ち別れいなばの山の峰に生ふるまつとし聞かばいま帰り来む」。この「まつ」はあえて平仮名で書くことによって、「松」と「待つ」の二つを意味する掛詞となっています。

今の時代、同音異義語を掛け合わせると言えば、いわゆる駄洒落やギャグなどを思い浮かべます。現代においてはこうした駄洒落が評価されることは少ないですが、一方でラップの韻に用いられる掛詞は、かつての歌合のようにラッパーの腕前を判断する上で重要な要素となっています。

四季折々の定番が変わっていくように、言葉の連想も時代によって変わっていきます。古代の人々は、「ちはやぶる」と言えば、神代、つまりはるか昔の神々の時代を連想していました。しかし江戸時代の人が同じ言葉を聞くと、葛飾北斎の浮世絵に描かれている場面や、かるたに詠まれている歌を思い浮かべていたでしょう。その後、「ちはやふる」（ちはやぶると同義）というタイトルの落語、そしてもっと最近になると、同タイトルの漫画やアニメが挙げられるようになりました。

和歌から楽曲を連想する際は、元の和歌と楽曲の歌詞をそれぞれ解釈し、深く理解した上で選んでいく必要がありました。特に楽曲は解釈が難しいことが多く、その点非常に苦労しました。結果的に、タイトルのみの連想など、インスピレーションだけで選んだ歌もいくつかあります。あくまで私の考えで選んでいますので、皆さんだったらどの楽曲を選ばれるか大変興味があります。

この本を読むと、連想も時代を経て変化していることに気がつくと思います。自然だけでなく、我々の文化もまた絶え間なく変化しているのだと知ることは、私たちが何を大事にし、何を守り、何を変えたいかを考えていくヒントとなるでしょう。

私のライフワーク：日本文化を世界に発信する生涯の旅　True Japan Project

今年、私は「True Japan Project」という新たな取り組みを始めました。このプロジェクトは、ポップカルチャー、マンガ、アニメなど日本の現代的な大衆文化の紹介に重点を置く「クールジャパン」プロジェクトを補完するものです。「True Japan Project」は、よりディープな日本文化を日本国内を始め世界に発信することと、古典を現代社会に甦《よみが》らせることを目的としています。

この本を書き上げるのにかかった時間は一年に満たないですが、その土台にあるのは、何十年にも及ぶ日本の古典文学の英訳経験と、どのようにすれば古典文化を現代に活《い》かすことができるかを考え続けた日々です。これから「True Japan Project」の中でたくさんの本を作っていこうと思っていますが、この本は「True Japan Project」として初めての書籍です。

すでに二つ、日本の古典文化を現代に活かし、日本文化を世界に発信するプロジェクトを進めています。

英語版『百人一首』かるたを通じて広がる楽しみ

一つ目は、世界初の英語版『百人一首』かるた「WHACK A WAKA」の制作です。二〇一八年に完成して以来、日本や世界各地のあらゆる会場でかるた大会が行われてきました。この英語版かるたの世界大会を、『百人一首』と縁が深い嵯峨で今年開催できたことは、私の夢への大きな第一歩です。このプロジェクトについてもっと知りたい方は、ウェブサイトやユーチューブの動画をご覧ください。

実は『百人一首』というのは、初めて英語に翻訳された日本の文学作品です。江戸時代後期の一八六六年にフレデリック・V・ディキンズ氏が英訳本を出版して以来、数多くの翻訳者が翻訳を試みてきました。しかし、それはあくまで文学や書籍としての翻訳です。ゲームとしても楽しめるよう工夫して私が制作したのが、先ほどご紹介した「WHACK A WAKA」です。

このタイトルは、「ピシャッと打つ」を意味する「WHACK」と「和歌」の「WAKA」を組み合わせて名付けました。百首それぞれの翻訳も、かるたとして楽しめるようにさまざまな工夫を凝らしています。例えば、競技かるたでは、取るべき札が分かる先頭の文字、「決まり字」を覚えることが勝負の分かれ目になっていますが、「WHACK A WAKA」では「決まり字」ならぬ「決まり語」を設定しました。英語はアルファベット一音ずつに決まった音があるわけではないので、一つの音として聞き取れる音のかたまり、つまり音節で取り札を見極められるように工夫したのです。

『百人一首』の和歌に限りませんが、和歌を詠むときは口に出して読み上げる際の美しさも重要視されてきました。英訳でも、吟じて楽しめるよう音律に気を配っています。さらに五句からなる和歌の定型を意識し、すべて五行詩の形に整えています。海外の方にも和歌のリズムを感じていただける音律を意識しました。

「WHACK A WAKA」のデザインにも注目していただけると嬉しいです。第十七番の解説でも紹介しましたが、カラフルなイラストが取り札にも描かれています。それぞれの歌に関連したイラストが描かれているので、イラストをヒントに札を取ることもできます。例えば「pine tree（松の木）」が出てくる歌には、松の木のイラストが札に描かれています。しかし、松の木が登場する歌は多いので早とちりは禁物。忍耐力と鋭い洞察力で取るべき札を見極める必要があるのは、日本語の競技かるたと同じです。

このように「WHACK A WAKA」は、『百人一首』が持つ和歌としての魅力を反映させながらも、『百人一首』に詳しい人もそうでない人も、日本語や英語が堪能な人もそうでない人も楽しめるよう様々な工夫がほどこされています。また、二言語が載っていることを利用して、読み札は日本語で、取り札は英語にして遊んでみるのも面白いかもしれません。「WHACK A WAKA」ならではの特色を利用して、ぜひ新しい遊び方を見つけてみてくださいね。

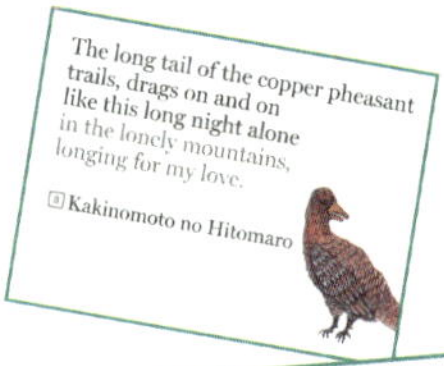

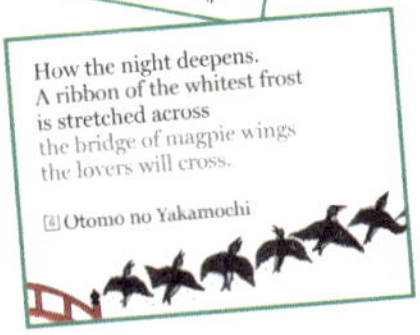

競技かるたを世界的な動きに

二〇一六年には、当時の駐日アメリカ合衆国大使キャロライン・ケネディ氏が英語版かるたに興味を持ってくださり、二〇一七年一月に公邸の一室に畳を敷いて会場とし、六十四人の高校生が腕を競う、英語版『百人一首』かるたを使った世界初の大会を実施することができました。百人を超えるゲストが集まり、大使も若手選手たちの熱戦を楽しんでくださっていたと思います。

それ以来、日本国内および海外で英語版『百人一首』かるたのイベントを何度も開催してきました。二〇二〇年にはアイルランドで全国大会を開催し、二〇二五年春にも再び開催予定です。数年前には、ＪＩＣＡ（国際協力機構）のプログラムで初の文化担当講師としてジョージア、ポーランド、ルーマニア、ブルガリア、アルメニアを訪れ、現地の学生たちと共にイベントを開催しました。また、今年二〇二四年には、嵯峨嵐山の大覚寺《だいかくじ》にてＪＩＣＡと共催のイベントを開催し、また来年二月にも同じ場所で開催する予定です。サントリー文化財団と京都大学の協力を得て、このイベントを毎年開催したいと思っています。そしてこのイベントを世界的なものにしたいと考えています。

和歌は俳句ほど世界的には知られていませんが、私はこの『百人一首』こそが日本の心のあらわれだと思っています。古典文学を理解するのは、現地の言語に馴染みがないとさらに難しく感じるでしょう。しかしゲームとして、そしてスポーツとして、日本の心に触れられるこの『百人一首』は、日本文化を世界に伝えるためには最も適したコンテンツです。

皆さんも、海外の方に日本文化を紹介する機会があれば、この「WHACK A WAKA」を使っていただけたら嬉しいです。そして英語版『百人一首』の競技かるたがオリンピック競技になればと願っています。

万葉歌めぐりの旅

二つ目のプロジェクトは、『万葉集』に関するものです。現在私は『万葉集』に掲載されている約四千五百首の和歌の全訳に取り組んでいる最中です。九人の『万葉集』専門の若い学者たちと二〇二三年四月から取り組み始めて、十年に及ぶプロジェクトとなる見通しです。毎年五百首の和歌を翻訳していく予定で、今のところは順調に進んでいます。翻訳に加えて、「万葉歌めぐりの旅」というプロジェクトも進めています。日本中にある約二千三百基の歌碑《かひ》に和歌の解説の看板を設置していく予定です。歌碑があってもその文字を読める人はほとんどおらず、読めたとしても意味まで理解するのは簡単なことではありません。そこで私が考えているのは、観光客の方にも分かりやすい内容となるように工夫し、それによって国内外問わず多くの人たちが、楽しみながら『万葉集』ゆかりの地をめぐり、その世界観や和歌の知識を得られるようにすることです。地方創生と観光を兼ねた取り組みで、『万葉集』を現代に甦らせる良いきっかけになればと考えています。

感謝を込めて

この本をつくるきっかけになったのは、現在私が客員教授を務める武蔵野大学の授業で行ったワークショップです。『百人一首』の元の意味に沿って、現代風にアレンジするという課題を生徒たちに与えてみました。彼らが一生懸命取り組む様子を見て、この本を執筆しようと思ったのです。この本のために貢献してくれた学生の皆さんに心から感謝します。執筆の過程では、たくさんの人の手を借り、曲を見つけるためには生成AIサービスのChatGPTの力さえ借りました。年齢を問わず、たくさんの友人からいくつもの貴重な意見をいただきました。協力をお願いした皆さんがこの本の制作に携わってくださったことに、心から感謝しています。

　この本は、若い世代の人たちにも楽しんでいただけるものにしたい。そう思い、超訳を作り終わって修正に入る段階で、インターンのチームを作りました。新しい超訳を考え、かつ私が作った超訳もさらに良いものとなるよう手を貸してくださったのは、川崎蓉子さん、栗原大旗《くりはらだいき》さん、手塚透徹《てづかとおる》さん、西山直輝《にしやまなおき》さん、花原仙珠《はなはらせんじゅ》さん、福嶋一晃《ふくしまかずあき》さん、福田安奈《ふくだあんな》さん、藤田亜美《ふじたあみ》さん、古屋朋樹《ふるやともき》さん、松原泰子《まつばらやすこ》さん、宗澤奈緒美《むねさわなおみ》さん、村田真一《むらたしんいち》さん、湯浅圭亮《ゆあさけいすけ》さんです。彼らの独創的な意見があってこそ、この本は完成しました。書籍執筆の過程で、若い人たちの力を借りたのは今回が初めてですが、大変勉強になり楽しむことができました。彼らの世界観に触れることのできた、またとない貴重な機会であり、若い世代の人こそ私にとっては大切な先生なのです。

　また、多くの方の協力を得てこの本を出版することができました。この本を作るにあたって多くの貴重な提案をしてくださった河野通和《こうのみちかず》さん、プロダクションの過程や編集の全体を見てくださった向坂好生《さきさかよしお》さん、帯のためにお言葉をくださった高樹《たかぎ》のぶ子《こ》さんと俵万智《たわらまち》さん、曲のご提案をいただいた平山雄一《ひらやまゆういち》さん、森谷威夫《もりたにたけお》さん、西村佳恵《にしむらよしえ》さん、山川徳久《やまかわのりひさ》さん、武内晴義《たけうちはるよし》さん、実践的なアドバイスをいただいた前田裕二《まえだゆうじ》さん、作詞について興味深いアイデアをいただいた松本隆《まつもとたかし》さん、本書の美しいイラストを描いていただいた東村《ひがしむら》アキコさんと才門千紗《さいもんちさ》さん、編集と校正をしてくださった鈴木《すずき》さとみさん、デザイナーの児崎雅淑《こざきもとみ》さんに心から感謝を申し上げます。そして、いつも友人として京都での生活を支えてくださっている藤賀《とうが》三雄《みつお》さん、小川勝章《おがわかつあき》さん、磯田道史《いそだみちふみ》さん、本書の出版にあたり多大なご支援をいただいた韓俊《はんしゅん》さんに感謝を申し上げます。

　最後に、いつも私を支えてくれる三津山憂一《みつやまゆういち》さんが医学の道を歩むという夢を叶えられることを願って、彼にこの本を捧げます。

　最後になりますが、読者の皆さんにとって、この本が愛についての本となるだけではなく、日本や日本文化に対する私の想いを感じていただけるものになればと思っています。日本文化、遊び、創造性、コミュニケーション、愛などにおいての気づきが増えていくよう、読者のみなさんにこの本を贈ります。そして皆さんが自らの創造性に気づいたり、日本文化をより一層好きになったりするきっかけとなることを願っています。もしかしたら、今までとは違うコミュニケーション術が身について、それが好きな人に自分の気持ちを伝えるときに背中を押してくれるかもしれません。

　私がこの本を楽しみながら書き上げたように、読者の皆さんにも楽しんで読んでいただけたなら幸いです。

ピーターのおすすめ　ほぼ古典文学めぐり「逆ルート」――嵯峨嵐山

『百人一首』の和歌と超訳について書いたこの本をお楽しみいただけたでしょうか。さあ、和歌と古典に深いゆかりのある嵯峨嵐山を訪れてみませんか。『百人一首』が編纂されたといわれる地で、歌人や作家たちの足跡をたどる「逆ルート」を紹介します。嵐山には、国内外から老若男女問わず多くの人が訪れていますが、渡月橋《とげつきょう》を中心とした南エリアは人が過集中しているのに比べ、常寂光《じょうじゃっこう》寺《じ》や大覚寺のある嵯峨の北エリアは落ち着きと静けさが残っています。嵐山はオーバーツーリズムの地としてよく話題にのぼりますが、私のお勧めのルートをたどれば、大覚寺から常寂光寺の辺りまでは混雑を避けつつ、古代から歌に詠まれてきた数々の場所を楽しみながら巡ることができますよ。

また、この「逆ルート」は、社会問題となっているオーバーツーリズムの緩和にも繋がると考えています。

さて、嵐山を散策するとなると、ＪＲ嵯峨嵐山駅の南口から出てまずは渡月橋を目指し、土産物屋が立ち並ぶメインの道を通って天龍寺《てんりゅうじ》、竹林へと進む方がほとんどです。ですが今回は、通常とは逆のルートを考えてみました。各スポットの基本情報や魅力もお伝えしているので、皆さんの『百人一首』聖地巡りが、より深みのある旅路となるはずです。また、『百人一首』だけでなく、日本文学にゆかりのある場所も合わせて紹介します。

左の図がそのルートです。スタート地点は、私が二〇二五年二月にＪＩＣＡとの共催で英語のかるた大会を開催する予定の大覚寺。平安時代に造

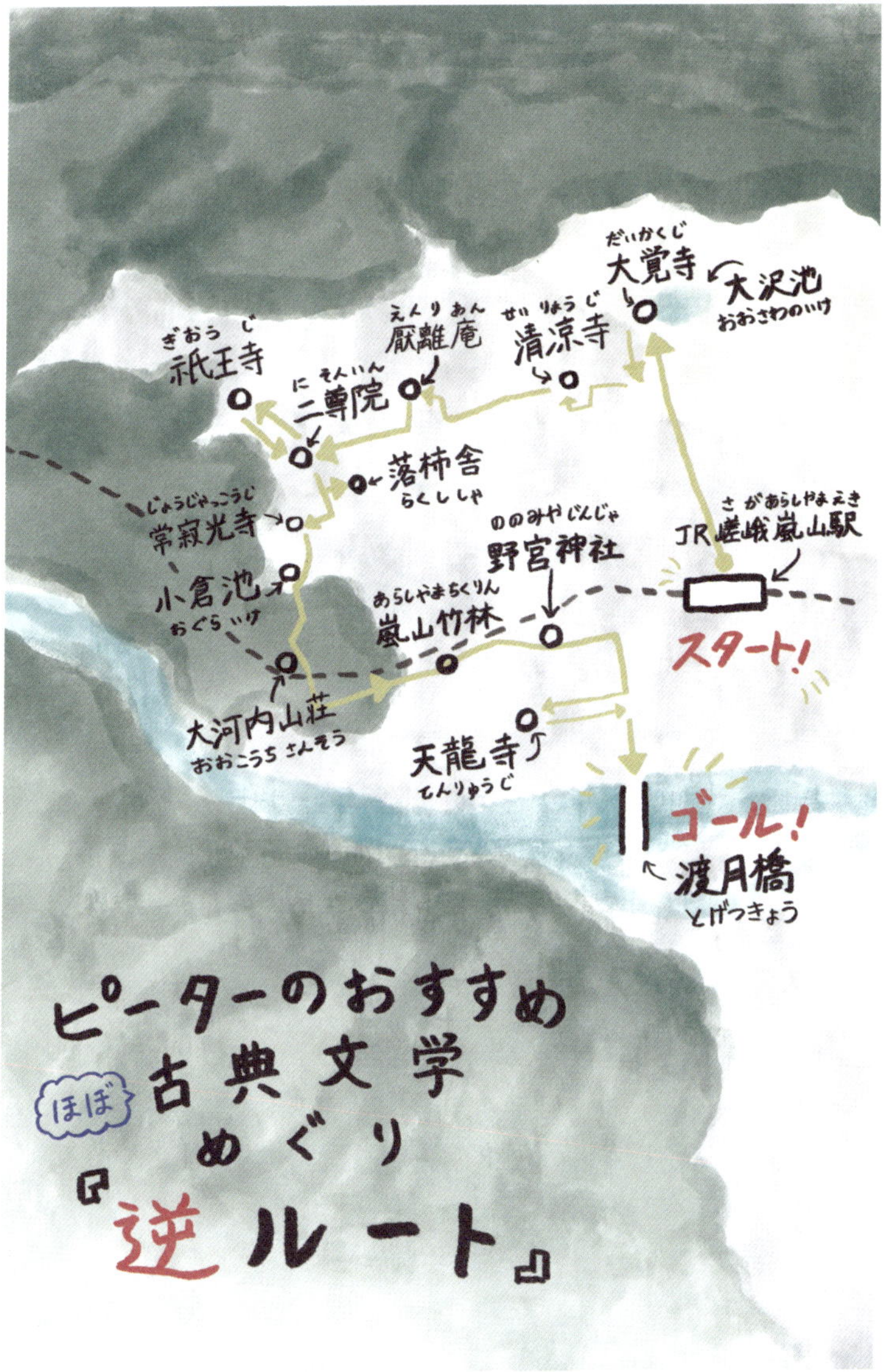
大覚寺《だいかくじ》
大沢池《おおさわのいけ》
清凉寺《せいりょうじ》
厭離庵《えんりあん》
祇王寺《ぎおうじ》
二尊院《にそんいん》
落柿舎《らくししゃ》
常寂光寺《じょうじゃっこうじ》
野宮神社《ののみやじんじゃ》
JR嵯峨嵐山駅《さがあらしやまえき》
小倉池《おぐらいけ》
嵐山竹林《あらしやまちくりん》
スタート!
大河内山荘《おおこうちさんそう》
天龍寺《てんりゅうじ》
ゴール!
渡月橋《とげつきょう》
ピーターのおすすめ
ほぼ
古典文学
めぐり
『逆ルート』

られた広大な庭園は和歌によく登場し、『百人一首』第五十五番で詠まれている滝も、かつてこの敷地内にあった名古曽《なこそ》の滝のことです。この庭にある広大な大沢池《おおさわのいけ》も有名で、かつての歌人が歌に詠んだところです。

次に行くのは、嵯峨釈迦《しゃか》堂こと清凉寺《せいりょうじ》。第十四番を詠んだ歌人であり、『源氏物語』の主人公、光源氏のモデルの一人とされている源融《みなもとのとおる》が別荘を構えていた地といわれています。

西に歩いていくと、藤原定家が『百人一首』を編纂した時雨《しぐれ》亭があったとされるお寺が三つあります。まず一つ目は厭離庵《えんりあん》です。厭離庵は小さな庵ですが、紅葉の名所でもあり、紅葉シーズンには一般公開もされています。

少し歩いたところにある祇王寺《ぎおうじ》は『平家物語』にも登場する尼寺で、平清盛《たいらのきよもり》に寵愛《ちょうあい》された祇王が出家して滞在したといわれています。静寂に包まれた境内には祇王の歌碑もあります。新緑の季節には青紅葉と苔庭の緑が美しいですし、秋には青々とした苔の上に赤い紅葉の葉が落ちている光景が素晴らしいです。

その近くにある二尊院も藤原定家が『百人一首』を編纂した場所ではないかと言われています。このお寺も紅葉の名所としても有名で、春夏は若々しい新緑に、秋は燃えるような紅葉に包まれながら、参道を歩くことができます。ここには西行法師の草庵跡があったとも伝えられています。西行は嵯峨に住んでいた時期があり、二尊院とこの後紹介する落柿舎《らくししゃ》の間には西行が使っていたとされる西行井戸もあるので、是非立ち寄ってみてください。

少し歩くと、松尾芭蕉の門下人で俳人の向井去《むかいきょ》来《らい》の草庵跡であり、芭蕉自身も『嵯峨日記』を記した場所とされる落柿舎があります。

その次が常寂光寺です。小倉山の斜面に建つこのお寺も、藤原定家が山荘を構えていたとされる場所の一つです。第二十六番の歌にも詠まれているように、小倉山は紅葉の名所です。

小倉山にある厭離庵、二尊院、常寂光寺は、三か寺とも『百人一首』編纂の候補地といわれているのですが、はっきりはしていません。どのお寺も自分のところだと主張はせず、伝承の地を共有しようとしているところが良いですね。

常寂光寺から少し歩くと、大河内山荘《おおこうち》庭園。昭和に建てられた比較的新しい庭園で、古典と深い繋がりはないのですが、二尊院や常寂光寺と同様に小倉山の斜面を利用した、自然あふれる広大な庭園が素晴らしいです。二つのお寺と共に訪れて、小倉山の庭園を比べてみるのも面白いですよ。

次は野宮神社《ののみやじんじゃ》。竹林の小径を下っていくと現れるこの神社は、『源氏物語』「賢木《さかき》」の巻にも登場します。作者の紫式部の和歌は『百人一首』第五十七番にも見られます。天皇の代理で伊勢神宮に仕える未婚の女性（斎王）が身を清めるために留まった場所が野宮神社でした。六条御息所《ろくじょうのみやすんどころ》の娘が斎王になったとき、娘と共に野宮神社に滞在していた六条御息所を光源氏が訪ねる場面があります。

竹林を抜け、世界遺産天龍寺が面するメイン通りを進み、最後に辿《たど》り着くのが渡月橋。かつて近くに別荘を構えていた亀山天皇が月を見ていたところ、月がこの橋を渡っているように見えたという伝説から、この名前が付けられました。

現在は歴史的観光地として、撮影スポットとして、グルメスポットとして、数多くの人々に愛されている嵐山ですが、このように古典とのつながりがとても深い場所でもあります。当時の歌人たちや古典文学の登場人物たちの目を通して見る自然や風景を感じていただけますように。ぜひともこの「逆ルート」で回ってみてください。

ピーター・J・マクミランの本

The Tales of Ise（『伊勢物語』の英訳）（Penguin Books　二〇一六年）
One Hundred Poets, One Poem Each（『百人一首』の英訳）（Penguin Books　二〇一八年）
『英語で味わう万葉集』（文藝新書　二〇一九年）
『英語で読む百人一首』（文藝文庫　二〇一九年）
『日本の古典を英語で読む』（祥伝社新書　二〇二〇年）
『松尾芭蕉を旅する　英語で詠む名句の世界』（講談社　二〇二二年）
『謎とき百人一首　和歌から見える日本文化のふしぎ』（新潮選書　二〇二四年）
『英語で古典　和歌からはじまる大人の教養』（KADOKAWA　二〇二四年）

ピーター・J・マクミラン

アイルランド国立大学を首席で卒業後、アメリカで博士号を取得。現在は東京大学非常勤講師、相模女子大学客員教授、武蔵野大学客員教授を務める。二〇二三年、JICA初の文化担当講師に就任。二〇〇八年に英訳『百人一首』を出版し、日米で翻訳賞を受賞。KBS京都のラジオ番組「さらピン！キョウト」に出演している。二〇二四年、NHK「100分de名著」で『百人一首』の指南役を務める。その他番組に多数出演。同年、秋の叙勲にて旭日小綬章受章。

シン・百人一首
現代に置き換える超時空訳

二〇二四年十二月十日　第一刷発行

著者　ピーター・J・マクミラン

発行者　ピーター・J・マクミラン
発行所　月の舟
郵便　六〇三-八四四三
京都市北区紫竹西野山町四八-四
カレッジアンハウス玄琢一〇四
電話　〇七五-三六六-八八二六
https://www.themoonisaboat.com/
印刷・製本　シナノパブリッシングプレス